# 運命の甘美ないたずら

ルーシー・モンロー 作

青海まこ 訳



ハーレクイン・ロマンス

東京・ロンドン・トロント・パリ・ニューヨーク・アムステルダム
ハンブルク・ストックホルム・ミラノ・シドニー・マドリッド・ワルシャワ
ブダペスト・リオデジャネイロ・ルクセンブルク・フリブール・ムンバイ

*VALENTINO'S LOVE-CHILD*

*by Lucy Monroe*



*Published by Harlequin Japan,*
*a Division of K.K. HarperCollins Japan, 2025*

**ルーシー・モンロー**

アメリカ、オレゴン州出身。2005年デビュー作『許されない口づけ』で、たちまち人気作家の仲間入りを果たす。愛はほかのどんな感情よりも強く、苦しみを克服して幸福を見いだす力をくれるという信念のもとに執筆している。13歳のときからロマンス小説の大ファン。大学在学中に“生涯でいちばん素敵な男性”と知り合って結婚した。18歳の夏に家族で訪れたヨーロッパが忘れられず、今も時間があれば旅行を楽しんでいる。

# 主要登場人物

**フェイス・ウィリアムズ**……彫刻家。
**ティリッシュ**……フェイスの亡夫。
**ヴァレンティーノ・グリサフィ**……実業家。愛称ティーノ。
**マウラ**……ヴァレンティーノの亡妻。
**ジョスエ**……ヴァレンティーノの息子。愛称ジオ。
**ロッソ**……ヴァレンティーノの父。
**アガタ**……ヴァレンティーノの母。

# 1

ヴァレンティーノ・グリサフィは愛人の寝顔を見下ろし、彼女の赤褐色の巻き毛を指でかきあげた。

愛人。なんとも古めかしい呼び方だ。きわめて現代的な女性であるフェイス・ウィリアムズは、そんなふうに呼ばれるのを決して歓迎しないだろう。彼のかわいいアメリカ人《カリーナ・アメリカーナ》は、ただの可憐《かれん》な花ではないのだ。

カリーナ・アメリカーナ。これならフェイスにふさわしい。だが、僕が彼女を愛人と思っていることを告げたら、どうなるだろう？

おそらく、フェイスは孔雀《くじゃく》の羽を思わせる青緑色の瞳に怒りを燃えあがらせ、そんな表現は不当だと非難するに違いない。実際そのとおりで、彼女に食事をおごったことも服を買ってやったこともなかった。マルサーラにある、ヴァレンティーノのこのアパートメントで何時間も一緒に過ごしても、彼女はここに住んではいない。フェイスはいっさい彼に頼らなかった。ただ、一緒にいるだけだ。

だから、愛人ではない。とはいえ恋人でもなかった。二人のあいだには将来の約束も愛も存在しない。あるのは、お互いに体の欲求を満足させる関係だけだ。幸運にもこれほど長く親密な仲が続いたのは、それがどちらにとっても好都合だったからだ。

ヴァレンティーノと同じく、フェイスもこの関係をいつでも終わりにできる。お互い相手を束縛するつもりもなかった。

二人は親しい友人とも言えたが、ひとたび肌が触れ合えば、その表現は無意味なものになってしまう。わずかな愛撫《あいぶ》で、見事な曲線を描く彼女の体はたちまち甘くとろける。一度のキスで、彼は分別を失い、彼女は抵抗のすべを失う。そして、フェイスは激しい欲望のとりことなり、ヴァレンティーノは官能の海でおぼれた。二人の交わりは奇跡に等しかった。

しかし、このあと二週間はそれがお預けになる。そう思うと、残念でならない。ヴァレンティーノは身を乗りだし、完璧《かんぺき》な卵形の顔に指を走らせて、彼女の耳もとでささやいた。

「かわいい人《カリーナ》、起きてくれ」

形のいい鼻の頭にしわが寄り、魅力的な唇が不満げにとがる。まぶたは固く閉じられ、満たされたばかりの体は、愛を交わしたあとの姿勢のまま少しも動こうとしない。

「さあ、僕の美しい人《ベッラ・ミーア》。起きるんだ」

「私のアパートメントに来てくれれば、寝ていられたのに。着替えて帰るのはあなたのほうだったわ」

「君も知ってのとおり、たいていの晩は僕も家に帰る」ヴァレンティーノは息子と朝食をとるのを楽しみにしていた。八歳のジョスエは彼の人生を照らす光だ。「それに、起こしたのは君をただ帰すためではない。話があるんだ」

彼女のまぶたが震えた。口は閉じられたままだ。

「そんなふうにしている君はなかなか魅力的だ」

フェイスはまぶたを開けて起きあがり、しかめっ面で彼を見つめた。「まともな人なら、不機嫌な相手を魅力的とは思わないわ、ティーノ」

「僕は変わっているからな」ヴァレンティーノは微笑を噛《か》み殺し、肩をすくめた。「それとも、変わり者は君のほうかもしれない。いらだっているときでもこれほど愛らしい恋人《アマンテ》は君が初めてだ」〝愛人〟は禁句だが、〝恋人〟という呼び名にも、彼は違和感を覚えた。

なぜ今夜はこんなことに悩むのか、ヴァレンティーノは不思議に思った。いつもなら、人生において彼女がどんな位置を占めるかなどと考えたりしない。

「あなたが過去に征服した女性たちの話なんて興味ないわ」いまやフェイスは本気で腹を立てていた。

「すまない。だが、君と出会うまで、僕がそれなりの経験を重ねてきたことは承知しているはずだ」最愛の妻マウラを亡くして以来、冷たいベッドを温めてくれた女性が何人もいたことは言うまでもない。

フェイスとつきあって一年近くになる。マウラの死後に交際した女性の中ではいちばん長い。

「それは私だって同じよ。でも、現在の恋人とベッドにいるときに、過去の異性関係を持ちだすなんて無作法だわ」

「いやに礼儀を重んじるんだな」ヴァレンティーノは皮肉った。

ふだんのフェイスは常識や外見にまったくこだわらない。彼女はアメリカの自由な精神の体現者だった。

「さあ、どうかしら？」フェイスは唇に微笑を宿した。「とにかく、その種の礼儀作法は全面的に支持するわ」

「了解」

「それはさておき」フェイスは彼にすり寄った。胸にもたれ、彼の腿にさりげなく手を這《は》わせて欲望をかきたてる。「話があると言ったわね？」

「ああ」

フェイスは首をかしげた。「なんなの？」

ヴァレンティーノは彼女の鼻のてっぺんにキスをした。「目覚めたばかりの君は本当に魅力的だ」

「魅力的なのは、私が不機嫌なときだと思ったわ」

「寝起きはいつだって機嫌が悪いだろう？」

「いいえ、朝はいつも晴れやかな気分よ。でも、このささやかな事実をあなたが知るはずないわね。私たちが朝まで一緒にいたことはないんだから。だけどこれは本当よ。文句を言うのは、ベッドであなたを堪能《たんのう》したあとで起きなければいけないときだけ」

おなじみの口論だった。ひと晩じゅう一緒にはいられないというヴァレンティーノの言い分を、フェイスが快く受け入れたことはなかった。息子との朝食を大切にしたいという気持ちは彼女も理解してくれている。しかし、愛の交歓後、少し仮眠しただけでベッドを離れようとする彼に、彼女が理解を示したためしはない。

「とにかく」ヴァレンティーノは少しいらだった口調で話を戻した。「君に伝えておきたいことがあるんだ」

フェイスは身を硬くして彼から離れた。「何かしら？」青緑色の瞳に警戒の色が浮かぶ。

「悪い話ではない。まあ、それほどには。僕の両親が旅に出る。ナポリの友人を訪ねたいとかで」

「本当？　知らなかったわ」

「君に話さなかったから当然だ」

「それで？」

「面倒を見てくれる祖父母がいなければ、夜、ジョスエを置いて出かけるのは無理だ」グリサフィぶどう園の敷地に住む使用人たちには任せられない。屋敷に住む家政婦にも。やはり家族とは違う。

「わかったわ。ご両親はどれくらいお留守なの？」

「たった二週間だ」

「そのあいだ、あなたにまったく会えないのね？」

「おそらく」

フェイスは何か言いたそうにしながらも、黙ってうなずいた。

「君に会えなくて寂しいだろうな」ヴァレンティーノはつい口を滑らせ、顔をしかめた。こんなことを言うつもりではなかったのに。「これのことさ」彼女の体に手を走らせる。「しばらくこれなしで過ごすと思うと寂しいよ」

「言い直しはきかないわよ。ベッドの中だけでなく、ふだんも私がいないと寂しいって認めなさい」

ヴァレンティーノは彼女の背中をベッドに押しつけ、顔を寄せた。「同じことだ。僕は君なしで二週間過ごさなければならない。だから、一緒にいる時間をできるかぎり有効に使おう」

「その種の提案に私が反対したことなんてあるかしら？」フェイスはかすれた笑い声をあげて尋ねた。

「いや。今夜もそうしてくれ」

フェイスは愛する男性のぬくもりと香りに包まれて目を覚ました。

はっとして目を開け、ほほ笑む。夢ではなかった。未明に愛を交わしたあと、泊まってくれとヴァレンティーノに頼まれたのだ。初めてのことだった。

まあ、正確には、頼まれたとは言えないかもしれない。ヴァレンティーノはただ、〝今夜、君は泊まることになる〟と告げたにすぎないのだから。いずれにしろ、結果は同じだった。フェイスは彼のベッドの上で、彼の腕の中にいる。朝の光に包まれて。

夢のようだった。何もかもすばらしかった。

「起きたのかい？」

深みのある声を聞いてフェイスは顔を上げ、彼に笑みを向けた。「私、どんなふうに見える？」

「朝は晴れやかだという言葉は本当らしいな。今後は君を〝日だまり〟と呼ぶことにしよう」

日だまり？　フェイスは胸を締めつけられた。

「ティリッシュはよく、私を〝太陽〟と呼んでいたわ」

「昔の恋人かい？」ヴァレンティーノはぶっきらぼうにきいた。無精髭《ひげ》の伸びた顔はセクシーで、力強い。「君の言ったとおりだ。ベッドで昔の恋人の話を聞かされる気分は、あまりいいものじゃない」

フェイスの顔に屈託のない笑みが広がる。「恋人じゃないわ。私の夫だった人」コーヒーをいれようと、彼女は勢いよくベッドから出た。

「君は結婚していたのか？」ヴァレンティーノは驚きもあらわに尋ねた。

「ええ」一年近くつきあいながら、なぜかこの話をするのは初めてだった。その事実がフェイスとヴァレンティーノの関係を象徴していた。一緒にいるとき、二人は現在にしか目を向けていなかった。

フェイスは、ヴァレンティーノ本人からより、彼の母親、アガタからいろいろ情報を得ていた。彼の過去はフェイスと同じように悲劇的だった。

ヴァレンティーノが芸術方面に関心を示さないことは、フェイスには奇妙に思えた。アガタは彼女の作品のファンなのに。

アガタとは、パレルモで開かれたフェイスの個展で出会った。年齢に開きはあったが、二人はたちまち意気投合し、互いの家が近いとわかって大喜びした。グリサフィぶどう園は、ピッツォラートにあるフェイスの小さなアパートメントから、車で二十分ほどの場所にあった。

ただし、アガタはフェイスが息子の恋人とは知らず、ヴァレンティーノもフェイスと母親が友人同士とはまだ知らずにいる。つい二カ月前、フェイスだけがその偶然に気づいたのだ。アガタご自慢の息子とは、自分が前の晩、愛を交わした男性だと。当初はフェイスも当惑したものの、じきに慣れた。

ヴァレンティーノはフェイスとの交際を隠している。それを家族にいつ打ち明けるかを決めるのは、彼の権限であるようにフェイスは感じていた。

もう一つ、運命の奇妙ないたずらがあった。フェイスはヴァレンティーノの息子、ジョスエの教師でもあったのだ。週に一度、マルサーラの小学校で絵を教えている。母親になる機会は失ったかもしれないが、子供は大好きだから、教師の仕事は楽しかった。ジョスエはとてもかわいい少年で、ヴァレンティーノが息子を愛する気持ちがよくわかった。

「離婚したのかい？」

彼の茶色の瞳がフェイスを凝視している。彼女は簡潔に答えた。「夫は亡くなったの」ヴァレンティーノは具体的な話など聞きたがらないだろう。

現在を生きる。それが彼のモットーだ。フェイスも同じだったから、シチリア島へ来るまでの彼女の人生にヴァレンティーノが関心を示さなくても平気だった。もっとも、この島でのフェイスの生活にも、彼はほとんど興味を示さない。

フェイスが芸術家であることは彼も知っている。しかし、彫刻家として成功を収めているとか、塑像《そぞう》をおもに扱っているとか、詳しく知っているかどうかはわからない。彼女がマルサーラの南にある小さな町、ピッツォラートに住んでいることは知っていても、アパートメントの場所までは知らないはずだ。二人の交際は一年近くになるが、愛し合う場所は彼のアパートメントにかぎられていた。

彼の住まいではない。ビジネス上の必要から購入した物件だという。そのビジネスとは、おそらく母親の目が届かない場所での情事を意味するのだろう。

ヴァレンティーノは自分の生活とフェイスの生活を完全に分けていた。当初はフェイスも気にしなかった。感情的に深入りする関係には、彼以上に興味がなかったからだ。ヴァレンティーノはベッドでの楽しみのみを約束し、それを実行した。

しかし、ある時点でフェイスは気づいた。彼を愛さずにはいられない、と。

それでもフェイスは、二人の関係がベッドにかぎられていることに満足していた。少なくとも、満足していると自分を納得させてきた。私は愛した人たちをことごとく失った。だから、いつかはヴァレンティーノも失うに違いない。

もちろん、朝まで一緒に過ごしたくなかったわけではない。ずっとそうしたかった。けれど、自分の人生にヴァレンティーノがかかわる度合が小さいほど、別れが来たときも苦しまずにすむ。

「その件で、君が言うことはそれだけなんだな?」

フェイスはコーヒーメーカーのボタンを押し、振り返った。「なんのこと?」

ヴァレンティーノはボクサーパンツ一枚の姿で、筋肉質の体を惜しげもなくさらしていた。「君の夫は亡くなったわけだ」

まだその話をしているの? フェイスはいぶかった。「ええ。交通事故で」

「いつ?」

「六年前よ」

彼はもつれた黒髪を指ですいた。「一度も話してくれなかったな」

「話してほしかった?」フェイスは尋ねた。

「話そうと思ったときもあったんじゃないかな」

「どうしてそう思うの?」重ねて尋ねる。

「君にとって重要な出来事の一部だからさ」

「過去の話よ」

彼が眉を寄せるのを見て、フェイスはきかずにはいられなかった。「常に現在に目を向け続けたい、とあなたはいつも言っていたわ。あれは嘘《うそ》なの?」

「単に、一年間ベッドをともにしている女性について好奇心をいだいただけさ」

「うれしいわ、私に好奇心を持ってくれたなんて」

「僕は……」

どんなときも冷静沈着な彼が言葉を失ったところをフェイスが目にしたのは、これが初めてだ。

「気にしないで。悪いことじゃないから」

「ああ、もちろんだ。僕たちは恋人というだけじゃなくて、友人でもあるはずだ。そうだろう?」

「ええ」彼も同じ見方をしていたと知り、フェイスは言葉にできないほどの安堵《あんど》を覚えた。

「よかった」ヴァレンティーノはうなずいた。「ところで、コーヒーには朝食もついているのかな？」

「お望みなら、準備するわ」

彼は驚愕《きょうがく》に近い表情を浮かべた。「料理なんてできるのかい？」

フェイスは笑った。「誰もが大金持ちのワイン醸造業者ではないのよ。家政婦や外食にお金をかける余裕のない人もいるわ。だから料理くらい覚えておかなければ。これでもかなりの腕前なんだから」

「それは食後に判断するとしよう」

フェイスは声をあげて笑った。

フェイスは三体目の妊婦像を完成させた。ここ数日はその仕事にかかりきりだった。夫のティリッシュと胎児を交通事故で失って以来、妊婦像の制作はこれが初めてだった。あの事故で私は家族を持つ可能性も奪われた、と彼女は信じていた。少なくともこれまでは。

フェイスは粘土だらけの手を、まだ平らなおなかに当てた。恐れと驚嘆の念がこみあげる。妊娠するまで、四年の歳月と不妊カウンセリングを要した。

実のところ、最初の妊娠は十八歳でティリッシュと結婚してわずか二カ月後だった。妊娠検査薬で陽性反応が出たとき、夫婦は有頂天になった。ところが、子宮外妊娠のため母子ともに危険とわかり、数週間後には絶望の底に突き落とされた。赤ん坊を救うことはできず、フェイスも危うく命を落としかけた。しかし二人はあきらめず、必死の思いで赤ん坊を求めた。一年間の努力が実を結ばなかったあと、彼らは医学の助けを仰いだ。検査の結果、子宮外妊娠の影響で、フェイスの卵巣は一つしか機能していないことがわかった。

不妊治療の専門医は、妊娠の可能性は非常に低いと断ったうえで、治療を開始した。それは神経をすり減らすような治療法で、ただでさえ情熱が失われていた性生活はまったく殺風景なものになった。それでも効果はあった。妊娠検査薬の試験紙が陽性を示す青に変わったとき、フェイスは人生最大の恩恵を受けたように感じたものだ。

ヴァレンティーノと男女の関係になって以来、彼は避妊には気を遣ってきた。ただ、二カ月ほど前に一度、避妊具をつけそびれたときがあったし、避妊具が破れたこともあった。

機能している卵巣が一つだけなので、フェイスの生理は二カ月に一度という特殊なものだった。しかも不規則でしばしば遅れがちだったため、今回も気に留めていなかったし、妊娠の可能性など思い浮かべもしなかった。胸がひどく敏感になったときも、生理が始まる前兆だと思っていた。

ある日などは午前中だけで四度も化粧室へ行く羽目に陥ったにもかかわらず、なんの疑いも持たなかった。膀胱《ぼうこう》炎かもしれないと考えてかかりつけの病院で受診したところ、身ごもっているとわかり、フェイスは愕然とした。もう一度妊娠できるとは夢にも思っていなかったのだ。

フェイスはうやうやしい手つきで再びおなかに触れた。妊娠を知ったあとでは、そのあらゆる兆候が思い出され、妊娠を疑いもしなかった自分が信じられなかった。

愛する家族を次々と失った私が、いまこうして身ごもっている。フェイスは自分を抱き締めながら、まだ目鼻のない制作中の妊婦像を見下ろした。ヴァレンティーノの子供を身ごもったという信じられないほどの歓喜が、その像のあらゆる輪郭に表れている。妊婦は両腕を頭上に突きだし、まぎれもない祝福を示していた。

フェイスは別の一体に目を向けた。妊娠がわかってから初めてつくったもので、こちらの像には目鼻がある。その女性像は喜びとないまぜになった恐れを表現していた。かすかに突き出た腹部を片手で守るように覆い、不安げな表情を浮かべている。

　フェイスはこの妊婦をアフリカ人として制作した。彼女の民族衣装の裾《すそ》には幼い子供がしがみついている。飢餓状態というほどやせてはいないものの、飢えかけているのは明らかだ。

　それは胸を打つ像で、制作した当の本人さえ涙を禁じえなかった。こうした経験は初めてではない。フェイスは内なる苦悩を受け入れ、それに耐えているが、孤独がいやされることは決してなかった。その苦悩を表現するのが彼女にとっての創作活動だった。喜びや平穏に満ちた作品もあるが、人があまり語りたがらない感情を呼び起こす作品もあった。

　それにもかかわらず、あるいはそれゆえに、フェイスの作品はよく売れ、どの像にも高値がついた。少なくとも、工房から出そうと彼女が決めた作品には。きのう完成した妊婦像はどこにも展示されず、粘土の塊に戻るだけだろう。それはあまりにもさまざまな感情が入り乱れた作品だった。どの感情が際立っているのかもわからないくらいに。

　作品の中にはそういうものもあり、創作のための代償だとフェイスは受け止めている。この像の制作には丸一日を費やしたが、それでもほかの二体ほどの時間はかからなかった。ヴァレンティーノから電話があったことが影響しているに違いない。

　次に会う約束を交わすときを除けば、彼はめったに電話してこなかった。海外出張などで一週間以上留守にしても、まず電話はかかってこない。ところが、きのうは違った。しかも、ただ話をするためだけだったらしい。奇妙なことだった。

　確かに悪い気分ではない。二人の関係についてヴァレンティーノが定めた厳格なルールを破るものは、なんであろうと歓迎できる。とくにいまは。とはいえ、奇妙なことには変わりない。

妊娠の件を彼にいつ告げるか、フェイスは決めかねていた。もちろんいずれは知らせるにしても、慎重を期したかった。妊娠初期には流産の危険がつきまとうし、過去を振り返ればその可能性は否定できない。これまで、家族を持つ機会をすべて失ってきた。今回ばかりは例外だとはまだ思えない。

それでも、フェイスは希望をいだいていた。

ただ、妊娠が確実なものとなる前に打ち明ける気にはなれなかった。今週の後半に病院に予約を入れている。そのとき、子宮外妊娠でないかどうかわかるだろう。不妊治療の医師は、もう一度子宮外妊娠が起こる可能性は非常に低いと言っていたが、いまの時点で彼に知らせるのは危険すぎる。

確信が持てるまで、ヴァレンティーノには黙っていよう、とフェイスは心に決めた。

## 2

病院に行く予定の前日は、フェイスが小学校で絵を教える日だった。この仕事は偶然に得たものだ。アガタに、子供が大好きで一緒にいるのが楽しいと話したことはあったが、フェイスには教師の資格などなかった。しかし、アガタが孫息子の通う学校の校長に話したことで、教師への道が開かれた。著名な芸術家が週に一度、美術教師として教壇に立つという考えに校長が魅了されたのだ。

そんなわけで、フェイスはヴァレンティーノと出会うより先に、彼の大切な息子、ジョスエと知り合った。これを神の導きととらえる人もいるだろう。ジョスエはなんとも愛らしい少年だった。

その日、ジョスエはフェイスが教える二番目のグループにいて、マルサーラの市庁舎を描《か》いた絵の感想を恥ずかしそうに彼女に求めてきた。

　授業が終わってほかの生徒がいなくなると、ジョスエはフェイスの机にやってきた。「シニョーラ・グリエルモ？」

　子供たちはフェイスをウィリアムズではなく、ウィリアムを意味するイタリア語の〝グリエルモ〟で呼んでいた。そのほうが彼らには覚えやすいし、フェイスもいっこうにかまわなかった。

「何かしら、ジオ？」フェイスは満面に笑みをたたえ、愛称で呼びかけた。

　すると、少年はにっこり笑って頬をかすかに染めた。明らかにうれしそうな様子だったので、フェイスはまたそう呼ぼうと思った。ただし、控えめに。

　恋人の息子が自分の心の中でどれほど特別な位置を占めていても、それを悟られるわけにいかなかった。もし知ったら、ジョスエはとまどうだろうし、ヴァレンティーノもフェイスに腹を立てるに違いない。教師をやめさせられる可能性もある。

「今夜、先生をうちのディナーに招待したいんですが」ジョスエは改まった口調で言った。せりふを練習してきたに違いなかった。

「私を招待するって、お父様は知っているの？」フェイスは尋ねた。意外な展開に不安を覚える。

「うん。先生が来れば、パパもすごく喜ぶよ」

　彼女は唖然《あぜん》とした。「お父様がそう言ったの？」

「もちろん。僕が先生を大好きになって、パパはとても喜んでいるんだ」

　突然、フェイスの心に希望がこみあげてきた。人生を覆っていた暗雲がついに消えるかもしれない。本物の家族をもう一度持てるの？　奪われることのない家族を。強烈な希望で胸が張り裂けそうだ。

「招待していただいて光栄だわ」

「ありがとう」ジョスエはたたんだ紙切れを差しだした。「先生がわからないといけないから、パパが道案内を書いてくれたんだ」

フェイスはそれを受け取った。「ありがとう。うれしいわ」

グリサフィ家には、アガタにランチに招かれて何度か行ったことがある。もっとも、アガタはフェイスのアトリエを訪ねるのが好きで、ピッツォラートで会うほうを好んだが。完成前の芸術家の作品を見られるなんて光栄だというのがアガタの口癖だった。

「僕が思いついて、パパに頼んだんだ。でも、僕も地図を描いたんだよ」

フェイスは紙片を開き、子供が描いた絵地図を見て感心した。道案内のほうは独特の力強い筆跡で、ヴァレンティーノが書いたとひと目でわかる。

「すばらしいわ、ジオ。とくにこの、たくさんのぶどうの木がね。おうちの様子がよくわかるわ」

「いまは実が熟しているところだよ。ナポリから帰ったら収穫できるって、お祖父ちゃん《ノンノ》が言ってた」

「お祖父《じい》様がおっしゃったなら間違いないわね」

「ノンノはワインづくりの名人なんだ」ジョスエは誇らしげに言った。

「そうね。あなたも収穫のお手伝いをするの？」

「うん、少し。ノンノがぶどう畑に連れていってくれるんだ。パパは手伝わないけれど、それでいいってノンノが言ってた」

「お父様はお仕事が忙しいものね」

「パパはお金もうけがとても上手だって、ノンノは言っているよ」ジョスエは無邪気に言った。

フェイスは笑った。「そのとおりかもね」

「お祖母ちゃん《ノンナ》の話では、パパは家族を支えているんだって」

「きっと、そのとおりなんでしょうね」

ジョスエはキューピッドなのかしら？　フェイス

は笑みがこぼれそうになるのをこらえた。自分が笑われたと思ってジョスエが傷ついたら困る。

「パパは再婚したほうがいいって、ノンナは思っているんだよ。ノンナはパパのママだから、パパはノンナの言うことを聞かなくちゃいけないよね」

　笑いをこらえるのにフェイスはひどく苦労した。ヴァレンティーノは息子の意見に決して賛成しないだろう。「あなたはどう思っているの？」

「僕のママは天国にいるけれど、もっと近いところにいるママも欲しいな」

　フェイスは思わず手を伸ばし、少年に触れた。本当は抱き締めたいところを、軽く肩をたたくにとどめる。「よくわかるわ、ジオ」

　不意にジョスエが首をかしげた。「先生は家族の話をしたことがないね」

「家族はいないの」でも、いまはいるかもしれない。フェイスはおなかに手を滑らせた。

「先生にもママがいないの？」

「ええ。欲しいと思ったことはあるけれど、神様に願いが届かなかったのね」フェイスは肩をすくめた。

「僕にはまたママができるかな？」

「そうなるといいわね、ジオ」

「うん。でも、僕が好きになれる人ならね」

　賢い子だ、とフェイスは思った。「あなたが好きになれない人と、お父様が結婚するはずないわ」

「その人にも僕を好きになってもらわなくちゃだめなんだ」ジョスエは伏し目がちにフェイスを見つめた。不安げに下唇を噛《か》んでいる。

　なんて愛らしい子なのだろう。「あなたはとてもかわいい子よ。誰からも好かれるわ」

　次の授業の子供たちが教室に入ってきた。姿の見えなくなったジョスエを捜しに来た担任教師も。

「じゃあ、今夜だよね？」そう言ってジョスエは教室を横切り、担任教師のもとへ向かった。

「ええ」

フェイスが小さな背中に向かって答えると、ジョスエは振り返ってにっこりした。

やっぱりあの子はキューピッドだわ。ヴァレンティーノ自身も暗黙の了解を息子に与えたらしい。信じられない。急に開けた未来に、フェイスはわくわくすると同時に恐怖も感じた。本当に、これで私の孤独に終止符が打たれるのかしら？

なぜか彼女にはそんな未来が想像できなかった。

少なくとも、ヴァレンティーノは人生の新たな局面に私を迎えようとしている。彼にとってもっとも重要な場所に。あまりに事が大きすぎて、その意味するところを理解するのがフェイスには難しかった。

赤ん坊の件を知らないのにヴァレンティーノが思いきった行動に出たことに当惑してもいた。

いずれにしても、六年前に妻を亡くしてから、どんな女性も近づけなかった彼の心の中に私は入りこむことになる。フェイスはにわかに緊張を覚えた。

フェイスは車内に流れるクラシック音楽の調べに集中した。少なくとも、集中しようと努めていた。ディナーについて考えると気持ちが重くなる。そんな必要はないのに。この一年、彼女とヴァレンティーノの相性はベッドの中でも外でもすばらしかった。学校ではジョスエととてもうまくいっている。気に病むような問題は何一つない。

しかし、いくらそう言い聞かせても、不安は去らなかった。今夜はヴァレンティーノとジョスエが顔をそろえ、私を交えて初めて三人で会うのだ。ディナーでのやりとりは将来に大きな影響を与えるだろう。ヴァレンティーノにとっては事前調査が必要らしい。信じられない話だが、最近の彼の妙なふるまいを考えると合点がいく。

彼は今日も電話をかけてきた。出られなかったのでかけ直すと、彼は会議中だった。留守番電話には、君のことを考えているという短い伝言が入っていた。

まったく妙な話だ、とフェイスは思った。君との情事について考えているとヴァレンティーノが言ったのなら、驚きはしなかった。彼の欲望の強さは十代の若者並みで、彼の生活の中でセックスの占める割合はかなり大きい。再婚も、女性との真剣な交際も望まない代わり、自分の欲望には忠実だ。

なのに今日、彼は私が恋しいと言った。

とにもかくにも、まもなく彼と会うのだから、自分たちが何を求めているかもわかるだろう。

携帯電話が鳴った。着信音からヴァレンティーノだとわかる。運転中は電話に出ない主義なので、フェイスは無視した。それに、もうグリサフィぶどう園の近くにいる。用件はこのあと直接聞けばいい。

フェイスの車は彼の屋敷、カーサ・ディ・フェデへ通じる長い私道に入った。その名は〝信頼《フェイス》の家〟という意味だ。初めてアガタを訪問したとき、屋敷に自分の名がついているのはすてきだと思ったものだ。のちにそこがヴァレンティーノの家だと知ったとき、あれは自分たちが一緒になる予兆だったのかと考えた。たとえ一時的な関係にしても。

偶然について考えると、フェイスの胸に再び希望がこみあげた。思っている以上に、これらの偶然には意味があるのかもしれない。

フェイスは堂々たる屋敷の前で車を止めた。一族が六代にわたって住んできた家だ。何度も増築を重ね、いまでは主寝室が二つあり、主翼にある主寝室にはさらに二つの寝室がついている。寝室はそれ以外にも四つ。それから、正式な応接室と家族用の居間。居間はテラスに通じ、テラスの先には広いプールとスパエリアがある。そのほか、広々としたキッチンや図書室、二つのオフィスなどがあった。

こうしたすべてを、フェイスはアガタを訪問した際に知っていた。知らなかったのは、この屋敷がいかに訪問者を圧倒するかという事実だった。ディナーに招待されて訪れたいまになって、フェイスは気づいたのだ。彼女は運転席に座ったまま、グリサフィ家の人々が何代にもわたって暮らしてきた屋敷を見つめた。ここはヴァレンティーノの人生の土台。財力の証《あかし》であると同時に、フェイスがずっと切望してきたもの、つまり家族を彼がすでに手にしている証でもある。

それらをヴァレンティーノが自分と分かち合うつもりかもしれないと思うと、フェイスは落ち着きを失った。〝怖い〟という言葉では言い表せない。ヴァレンティーノが彼の人生に迎え入れてくれるつもりでも、彼をつなぎ止めておける保証はないとよく知っているからだ。母も、顔を知らない父も、養子にしてくれると言った最初の家族も、そしてティリッシュも、彼女はことごとく失った。生まれてこなかった息子、ケイデンも。

けれどいまは、苦悩を引きずっている場合ではない。過去を忘れ、希望をいだいて未来に目を向けるべきだ。さもないと恐怖に押しつぶされ、幸せになるチャンスを逃してしまう。

フェイスは心を決め、車から降り立った。そのとたん、ヴァレンティーノの着信音がまた鳴り響き、彼女は携帯電話を開いた。「ねえ、あなたがせっかちなのはわかるけれど、これは偏執狂ぎりぎりの行動よ、ティーノ。私はもう到着しているわ」

「僕がしたいことはただ……」

フェイスがドアベルを鳴らすと、彼は話を打ち切った。

「客が来た。電話を切らなくては」

やれやれとばかりに首を振って肩をすくめ、フェイスはドアベルから手を離した。

ドアを開けたヴァレンティーノは、目を丸くしてフェイスをまじまじと見た。まるで亡霊でも現れたかのように。親しげな態度からはほど遠い。それどころか愕然《がくぜん》としている。

「フェイス！」

「ええ、ついさっき鏡を見たときは、確かに私はフェイスだったわ」

「ここで何をしているんだ？」そう尋ねるなり、ヴァレンティーノはかぶりを振った。「いや、それはどうでもいい。帰りたまえ、いますぐ」

「なんですって？　どうして？」

「僕が悪いんだ」彼は手で額をぬぐった。「電話のせいで君が誤解する可能性を考えるべきだった」

「私に会いたかったんでしょう？」

「ああ、そうとも。だが、ここではないし、いまでもない」

「ティーノ、あなたの話は筋が通らないわ」

「いまは間が悪い。すぐに帰ってくれ」

「ジオががっかりしないかしら？」

「ジオ……なぜ息子のことを？　まあ、それはいい。これからディナーに招いた客が来るんだ」

フェイスは目をくるりとまわした。「ええ、知っているわ。だから、こうして来たでしょう」

「冗談を言っている場合じゃないんだ」

「あなたが心配になってきたわ」本心だった。フェイスを招待することに父親が同意したという話を、ジョスエがでっちあげるわけがない。それにヴァレンティーノは自らあの道案内を書いたはずだ。いったい、どういうこと？「ティーノ……」

「シニョーラ！」二人の奇妙なやりとりに、興奮した少年の声が割って入った。「来たんだね！」

ジョスエが抱きついてくると、フェイスはほほ笑み、ぎゅっと抱き締めた。彼女はこうしたシチリア的な愛情表現が好きだった。

ヴァレンティーノが唖然《あぜん》として見つめるなか、ジヨスエはあとずさり、照れくさそうにシャツのしわを伸ばした。少年はディナーのために正装していた。通学用の服に似ているが、明らかにもっと高価な品で、ネクタイはしていない。父親のミニチュア版だ。

その父親は上等な茶色のズボンに、シャンパン色のドレスシャツという姿だった。シャツの裾《すそ》を出し、いちばん上のボタンは外している。

着替えの時間がとれてよかった、とフェイスは思った。ドレスは、仲間の芸術家がつくった、ろうけつ染めの黄色のシルクだ。芸術作品の展示会で、彼女はこのシルクにひと目ぼれして購入し、細い肩ひものついたシンプルなドレスに仕立てた。身につけると、体の曲線が強調され、とても女らしい気持ちになる。ヴァレンティーノがこれを見るのは初めてのはずだった。

なおも面食らいながらも、ヴァレンティーノの瞳には彼女のよく知る輝きが浮かんでいた。このドレスが気に入ったのだ。

大人たちの奇妙な雰囲気にかまわず、ジョスエはフェイスの手を握った。「パパ、こちらはシニョーラ・グリエルモだよ」無邪気な笑顔で彼女を見上げて続ける。「シニョーラ、こちらは僕のパパで、ヴァレンティーノ・グリサフィ」

「お父様にはお会いしたことがあるの」

フェイスは応じた。ヴァレンティーノは何も言わず、彫像のように動かない。

「そうだったの？」少年は困惑した様子だった。少し傷ついたようだ。「先生に会ったことがないって、パパは言ってたよ。でも、先生を気に入るはずだって、ノンナはパパに話していた」

「シニョーラ・グリエルモが、パパの知っているフェイス・ウィリアムズだとはわからなかったんだ」

ヴァレンティーノがようやく口を開いた。君のせいだと言わんばかりに、とがめるような目でフェイスを見つめる。

「パパたちはお友達なの？」

　フェイスは彼がどう言うかと身構えた。ヴァレンティーノの視線は彼女から息子に向けられたが、表情に変化はない。

「ああ。友達だよ」

　少年は顔をほころばせ、くすくす笑った。「パパは知らなかったんだね、本当に？」

「本当だ」

「すごいジョークだね、パパ？」

「確かにすごいジョークだ」ヴァレンティーノはうなずいたものの、少しも愉快そうではなかった。

　フェイスも笑う気分にはなれなかった。ヴァレンティーノは私を招待することに同意したわけではなかったのだ。あの案内を書いたときに彼の心にあったのは、私ではない。いまさら自分の人生に私を迎え入れるつもりなどなかったのだ。実際、彼は明らかに困惑しており、この展開が気に入らない様子だった。

　ヴァレンティーノは〝息子の先生〟を招待することに賛成した。息子や母親から、年齢が近いうえに魅力的だと聞かされた独身女性を。ジョスエがキューピッド役を演じているとフェイスにわかったくらいだから、ヴァレンティーノもお見通しだったに違いない。アガタも意見を述べたに違いないことを考えると、不愉快な想像が頭をもたげた。ヴァレンティーノが息子と母親のすすめに従ったのは、彼自身に少なからぬ期待と関心があったからなのだ。

　初めて彼のアパートメントに泊まって以来、フェイスが見ていた夢は、この瞬間、もろくも砕け散った。しかし、フェイスは意気地なしではなかった。恋も仕事も、あきらめずにつかみ取ってこそ、成功者になれる。いま彼女はここにいる。恋人が自分を見てとまどっていようと、彼女には、今夜を楽しいものにしなければならない強い動機があった。

フェイスが彼の家族とうまくやっていけることを知れば、ヴァレンティーノは彼女との関係を考え直すかもしれない。そうすれば、赤ん坊の件を打ち明けやすくなる。前向きに考えよう。何があっても、ディナーを断ってジョスエを傷つけてはいけない。

フェイスはとっておきの笑顔をヴァレンティーノとジョスエに向けた。「お邪魔していいかしら？それとも、食事は玄関ポーチでとるの？」

ジョスエが笑い、彼女を中に入れようと手を引っ張ったので、父親はわきに寄るしかなかった。

「まさか。裏庭で食べるんだよ」

「あなたがお料理したの、ジオ？」

「僕も手伝ったんだ。パパにきいてみて」少年に引っ張られながら、フェイスは肩越しに振り返った。

無言で二人のあとに続いていたヴァレンティーノが答える。「ジオの言うとおりだ。この子はうちの家政婦のお気に入りだからな」

「わかるわ。ジオは小さな誘惑者さんなのよね」

「シニョーラ！」ジョスエは頬を染めて抗議した。

「お気に入りの先生にも好かれたからって、恥ずかしがらなくていいぞ」父親は息子をからかった。

少年は肩をすくめただけで、何も言わなかった。ジョスエのせいでフェイスの心は期待にあふれた。彼はすばらしい義理の息子となり、弟や妹をかわいがるだろう。ひどく先走ってしまい、彼女はあわてて尋ねた。「ディナーには何が出るの？」

「見てのお楽しみだよ。僕はパスタの具をつくったんだ。うんとおいしい具をね」

ジョスエの言ったとおり、パスタは絶品だった。ほかの料理もおいしく、食事の相手も悪くなかった。ヴァレンティーノはやや硬い表情で食事を始めたが、息子のおかげでリラックスしていった。最初はフェイスとのあいだに距離をおこうと必死だったものの、しだいにいつもの彼が戻ってきた。

　ジョスエは山ほど質問した。フェイスの芸術に関することや、授業中はできないことを。その答えにヴァレンティーノが何度か驚いたことに、彼女は気づいた。考えてみれば、フェイスのその方面については無知も同然だ。彼女は初めてそれが気になった。芸術は彼女の人生で最大の場所を占めるのに、ヴァレンティーノは悲しいほど何も知らない。

　そのことに気づいたせいで、フェイスは二人の関係を改めて客観的に見ることができた。最近のヴァレンティーノのおかしな態度はともかく、二人の関係の基本は、何よりもベッドでの営みなのだ。

「おまえは質問のしすぎだ。大きくなったら芸術家になりたがっている気がしてきたぞ」

「違うよ、パパ。僕はノンノみたいにワインづくりをしたいんだ」

「パパみたいに、ビジネスマンでワイン醸造業者になるのはいやなの？」フェイスは口をはさんだ。

「それは別の息子に頼まなくちゃ。僕は手を汚す仕事をしたいんだ」ジョスエはきっぱりと答えた。

　腹を立てるどころか、ヴァレンティーノは大声で笑った。「ノンノそっくりの言い方だ。だが、弟も妹もできないぞ。カロジェロ叔父さんが結婚して子供をつくればいいが、だめなら……パパが年をとりすぎて働けなくなったら、誰かを雇わなければな」

「パパが年をとりすぎるなんてことはないよ」

　ヴァレンティーノはただほほ笑み、息子の髪をくしゃくしゃにした。「ノンノの跡を継ぎ、趣味として芸術を楽しむ人生か。パパにそれを止める権利はないな。そうだろう、フェイス？」

　そのときのフェイスは、ジョスエには弟も妹もできないという彼の宣言に動揺していた。だが、どうにかうなずき、返事を待つ少年にほほ笑みかけた。

# 3

息子を寝かしつけてから、ヴァレンティーノはフェイスのいるテラスへ向かった。

彼女が帰ろうとするたび、ジョスエは甘えたり懇願したり、話題をそらしたりした。ついに就寝時刻になると、寝室まで来ておやすみを言ってほしいと彼女に頼みさえしたのだ。

フェイスはためらいもなくジョスエの頼みをきいた。少年の額にキスをし、〝ぐっすり寝ていい夢を見てね〟と告げて、部屋を出た。優しいだけでなく、息子といる彼女がすっかりくつろいでいるのを見て、ヴァレンティーノは困惑した。彼女と息子とのあいだにある深い愛情をどう感じているか、自分でもよくわからない。一つ確かなのは、気分が落ち着かないことだった。

フェイスは石づくりのテラスの端に立ち、ぶどう園を眺めていた。月の涼しげな光が、磁器を思わせる彼女の顔を照らし、この世ならぬ美しさに心がかき乱される。まるで天使のように、どこか別の世界へ飛んでいってしまいそうだ。

それは不愉快な想像だった。まさに似たことがマウラの身に起こり、彼女は運ばれたのだ。死の世界へと。その悲劇に際しては、さしものヴァレンティーノも無力だった。

ヴァレンティーノは眉を寄せたまま、フェイスの肩に手を置いた。「ジオは夢の国へ行く途中だ」

「信じられないほどかわいい子ね。あなたはとても恵まれているわ」振り返り、彼と向き合う。

「わかっているよ」ため息をつく。「だが、あの子のせいで困った事態に陥る場合もある」

「あなたのいまの恋人をディナーに招くとか？」

「ああ」

率直な答えに、フェイスはたじろいだ。「だめだと言ってもよかったはずよ」

「君だってそうだ」

「私はあなたが望んでいると思ったの」

「僕はジオが先生を招待したと思ったんだ」

「私は彼の先生よ。絵を教えているわ」

「なぜ、そのことを僕に話さなかった？」彼には、フェイスがわざと隠していたように思えた。

「あなたが知らなかったなんて、私にわかるわけないでしょう。私のふだんの生活にあなたがまったく関心がないのは知っているわ。でも、マルサーラで小学生に絵を教えていることは話したはずよ」

「君は芸術を趣味にしながら、生計を立てるために教師をしているものと思っていたんだ。母の話では、ジオの先生はかなり成功した芸術家で、善意で教えてくれているということだった」どれほど誤解していたかわかったいま、ヴァレンティーノは自分が愚か者に思えてならなかった。

「あなたの目には、私がそんな芸術家には見えなかったのね？」

「僕はその女性、つまりシニョーラ・グリエルモをシチリア人だと思いこんでいた。君は違う」

「ええ、違うわ。それがあなたには問題なの？」

なぜそんな質問をするんだ？　僕は民族主義者じゃないぞ。「問題ないのは明らかだろう。僕たちは一年もつきあっているんだ」

「ほぼ一年よ」

「一年と言っていい」

「そうね。でも、シチリア人の絵の教師ならあなたや息子さんとのディナーの相手としてふさわしくて、アメリカ人の恋人はだめだという理由がわからないわ」

「そんな手を使ってもうまくいかないからな」

「なんですって？」

「ジョスエを利用して、僕が望む以上に僕の人生に入りこもうという魂胆だろう」

「被害妄想はやめて」深い青緑色の瞳に傷ついた色が浮かぶ。怒りの炎もちらついている。「反論するのもばかばかしいほどだけれど、第一に、私は絶対に子供を利用したりしない。第二に、あなたに出会うよりも早くジオを知っていた。どうしてほしかったの？　あなたと恋人同士になったあとは、教室で息子さんを無視すればよかったとでも？」

「そんなわけないだろう」ヴァレンティーノはため息をついた。なんて面倒なことになったんだ。「だが、親しくなるのは避けられたはずだ」

「私たちはもう友達になっていたの。拒絶して子供を傷つけるなんて、思いもよらなかったわ。これからも絶対しない。たとえあなたに頼まれても」

「そういう意味で言っているんじゃない」

「じゃあ、どういう意味？」

ヴァレンティーノは悪態をついた。どうすればいいかわからない。その惑いが、今夜明らかになった意外な事実と同様に心をかき乱す。彼は目の前の話題らしきものにすがることにした。「必要以上に話を複雑にするのはやめよう。僕の主義は知っているだろう。ベッドをともにする女性を、私生活にはかかわらせない。よけいな混乱を招くからな」

フェイスは首をかしげ、信じられないという目で彼を見た。「私たちが一緒にいるときのことは、私生活じゃないというの？」

「揚げ足を取らないでくれ。僕の言う意味はわかるだろう。なぜ、わざと鈍感なふりをするんだ？　君は最初から、僕たちの関係の限界をわきまえていたはずだ」いつもの彼女はこんなに理屈っぽくない。いまになって理屈を並べたてるわけがヴァレンティーノにはわからなかった。

「いまみたいな状態に私はもう満足できないのかも」爆弾発言に彼がどう反応するか、フェイスは注意深く見守った。

ヴァレンティーノの頭の中でいきなり警戒警報が鳴りだした。彼女の言葉を理解してパニックに襲われる。「君に心得ていてほしいことがある。僕は再婚するつもりはない。絶対に」

「知っているわ。でも……」

ヴァレンティーノの胸を不安がよぎった。「万一僕が再婚するとしたら、れっきとしたシチリア人の女性だろう。ジョスエの母親のような」

実を言えば、再婚しない理由はマウラとの約束にも関係している。あまりにも若くして亡くなったマウラへの誓い。彼女の場所をほかの女性に与えないという約束を危うくしたのは、賢明で魅力的なアメリカ人女性ただひとりだった。

衝撃から身を守るかのようにフェイスは腕を組んだ。「だから、息子がキューピッド役を演じているのが明らかでも、やめさせなかったの？　ジオの先生はシチリア人だと思いこんでいたから？」

「ああ」嘘《うそ》をつきたかったが、つけなかった。

フェイスは胸を締めつけられた。「わかるわ」

「わかるはずがない」理解してほしくて、ヴァレンティーノは彼女の顔を両手で包んだ。「僕の人生でいちばん大事なのは息子だ。あの子のためならなんでもする」

「再婚さえもね」

「幸せになるのに必要だとジオが思うなら、そうするだろう」ただし、マウラの思い出や彼女との約束の脅威となる女性とは再婚しない。

つまり、フェイスとは結婚しないということだ。

「あなたは再婚したいの？」

またも嘘をつきたいと思いながら、ヴァレンティーノは両手を下ろした。「そんなつもりはなかった。ただ、今夜のジオを見たらわからなくなった。ジオは祖母を愛しているが、君の愛情に包まれているときの様子は、祖母と一緒のときとは明らかに違う」

「あの子は私にとって特別なの」

「そんなに特別なら、なぜ息子が君の生徒だと話してくれなかったんだ？」

「さっき言ったでしょう。もう知っていると思ったのよ。ジオやお母様が私の話をしたはずだって。私たちは友達だもの。あなたがまた被害妄想に陥らないために言うけれど、ジオに会う前から、私はお母様とお友達だったのよ」

「君と……僕の母が？」

「ええ」

ヴァレンティーノは息をのんだ。今夜は現実とは思えない事実が次々に明らかになる。「その話もしてくれなかったな」

「あなたが知っていると思ったのよ」繰り返すフェイスの口調にはうんざりした響きがあった。彼女は背を向けて言葉を継いだ。「たぶん、思っていたほどにはアガタと私は親しくなかったのね」

フェイスの声にこもった悲しげな響きは、ヴァレンティーノの心に奇妙な感覚を呼び覚ました。彼はそれがひどく気に入らなかった。フェイスは陽気なたちで、ときに不機嫌にはなっても、悲しげになることはなかった。まったく彼女らしくない。

「母は君の話をした。しかし、それがまさか君のこととは思わなかったんだ」母はジョスエの先生についてときおり話題にしたが、たびたびではなかった。フェイスが思っていたほど二人が親密だったのかと、ヴァレンティーノもいぶかった。

彼の母親は芸術のよき後援者で、芸術家のコミュニティには知人が大勢いる。温かい人柄や生まれつきの愛想のよさが友情と勘違いされる事態は容易に想像できた。しかし、母がしばしば口にする芸術家は〝TK〟という人物だけだった。

当初は、母が男性芸術家を愛し始めているのではないかと心配した。だが、父のロッソはそれを聞いて涙が出るほど大笑いした。それで、案ずるには及ばないという結論に達したのだった。

「それは私のせいではないわ、ティーノ」

「誰も君のせいだとは言ってない」

「なぜお母様のことを話さなかったのかと尋ねるのは、私のせいだと言っているのと同じよ」

今夜の彼女はどうしたんだ？　僕の言葉にいちいち突っかかってくる。「君は僕の母とも息子とも親しいのに、二人に会ったことや話したことに一度も触れなかったな」

「あなたはいつだって、私に家族の話をさせまいとしていたでしょう、ティーノ」

「僕たちの共同生活に二人がかかわっているとは思わなかったんだ」

「私たちは共同生活なんかしていないわ。そうでしょう？」

フェイスに見つめられ、ヴァレンティーノは顔をそむけたくなった。彼女の目に挫折《ざせつ》感と悲しみが浮かんでいたからだ。

「僕たちのあいだで何が変わったのか、理解できない」

「何も。私たちの関係は少しも変わっていないわ」

「だったら、君はなぜ悲しそうにしている？」

「たぶん、期待してしまったからよ」

「今夜のディナーに君が来ることを僕が望んでいると思ったわけか」ヴァレンティーノは状況を理解し始めた。その思いつきを彼女は気に入ったのだろう。そして、違ったとわかって傷ついたのだ。こんな展開は予想外だったが、僕にもいくらか責任がある。

フェイスは黙ってうなずいた。きれいな赤褐色の髪が肩で揺れる。

「ジョスエに僕の恋人を引き合わせるのは間違いだ。あの子にとっていいことではない」

「そう思うのはわかるわ」

「本心なんだ」

フェイスは無言だった。

ヴァレンティーノは話を打ち切れなかった。なんとしても彼女にわかってほしかった。「僕たちの関係が終われば、ジオはがっかりする。かなうはずがない望みを持たせるだけでも酷なのに」

「私はあの子の友達よ」

「ジオは君が母親ならいいと思っている」

「あなたは思っていないのね？」

「ああ」反射的に出た答えだった。妻を亡くして以来、しみついた信念がそう言わせたのだ。

しかし、それが本心ではないと気づき、ヴァレンティーノはショックを受けた。筋の通らない喪失感と、考えたくもない感情のせいで、いらだちがこみあげる。

「それは、私がシチリア人じゃないからなのね」

「いや、僕たちのつきあいが恋愛とは無関係だからだ」本当だろうか？　ヴァレンティーノは自問した。フェイスを愛せないのなら、恋愛のはずはない。僕はマウラを永遠に愛すると約束した。彼女が死んでも、誓約は消えない。

「私たちは友達でもあると思っていたわ」

「僕たちは友達だ」

「だけど、スイートハートではないのね」

「いやに古めかしい言い方だな」心が痛み、彼が意図した以上に皮肉な口調になる。

フェイスは肩をすくめた。「ティリッシュがよく使っていた言葉なの」

死んだ夫の名を彼女が悲しげに口にするのが、ヴァレンティーノは気に入らなかった。「どうやら、めったにいない男性だったらしいな」

「ええ、そのとおりよ。私が知っていたなかで最高の男性だったかもしれない」

「だが、彼はこの世を去った」

「ええ、ジオの母親と同じように」

「マウラが僕の心から消えることはない」

「そうね。でも、あなたの心にほかの誰も入る余地がないのは確かなの？」

「そういう話を君とするのはおかしいと思う」

　実のところ、ヴァレンティーノには手に負えない話題だった。シチリアの男なら何事にも対処していかなくてはならない。妻の死にも、母親なしで子育てをすることにも。しかし、いまの質問に答えるのは無理だ。その事実に、彼は恥じた。

「ベッドと友情だけで充分だと、お互いに納得したから？」フェイスの声はかすれていた。

「そうだ」

「もし、私たちのどちらかが我慢できなくなったらどうするの？」

　そんなことが起こるはずはない。「僕の気持ちはこれまでと変わっていない」

「わかったわ。私だけが変わったとしたら？」

「話し合うべきだろう」そんな話を彼はしたくなかった。フェイスを手放す心の準備などできていない。

　彼女はうなずいて背を向けた。「もう帰らなくちゃ」必死に隠そうとしていたが、傷ついていた。

「だめだ」彼女の声にこもる悲しげな響きがヴァレンティーノの心を揺さぶった。後ろめたさを感じるのがいやだった。フェイスと夕食をともにしたあとで、ベッドにひとりで入りたくない。なお厄介なのは、彼女を失うかもしれないという恐怖だった。

　だが、たぶんフェイスの悲しみをのぞきながら、僕の恐怖をしずめられるだろう。ヴァレンティーノはそう思い、フェイスが二歩も行かないうちに、彼女の肩をつかんだ。

「ティーノ、やめて」

「本気じゃないだろう、かわいい人《カリーナ》」

　ヴァレンティーノはフェイスを引き寄せた。その逆のこと、彼女を追いやるなど想像もできなかった。もっとも、永遠にフェイスをつかまえてはおけない。いつか彼女はシチリアでの暮らしに飽き、アメリカに帰るだろう。いくら魅力があっても、マルサーラはニューヨークやロンドンとは違う。だからこそ、一緒にいる時間は無駄にできない。「僕たちはお似合いだ。いまの関係を変えるべきではない」

「私はもっと多くのものを求めているのよ」

「じゃあ、もっと多くのものを与えよう」

「セックスの話をしているんじゃないわ」

　ヴァレンティーノはフェイスの顔を自分のほうに向けさせた。「話はやめよう」彼はキスをした。これほど相性がいいのに関係を断つのは無理だとフェイスに示すつもりだった。たとえ、ウエディングドレスには縁のない関係でも。

　彼は、フェイスが自分と闘っているのを感じ取った。だが、彼女が抵抗したいと望んだとしても、僕と同じく、相手への激しい欲求には逆らえまい。彼女の体は自分のいるべき場所を知っている。そう、僕の腕の中だ。

　だが、フェイスはなお理性を保ち、唇を引き離した。「だめよ、ティーノ」

「だめだなんて言うな。〝私を愛して、ティーノ〟と言うんだ」

「私たち、浮気はしないはずだったでしょう」

「実際、そうしている」

「でも、あなたはほかの女性と夕食をともにするつもりだった」フェイスはヴァレンティーノの腕から逃れた。「それが許せないの」

「ただのディナーだ。デートじゃない」

フェイスがヴァレンティーノをにらみつけた。しかし、何よりこたえたのは、彼女の目に浮かんだ、裏切られたという悲しみの色だった。

「似たようなものよ」

「僕はデートだと思っていなかった」

「でも、息子と母親が仲を取り持とうとしていることは知っていたでしょう」

「家族に女性を世話してもらう気など僕にはない」

「でも、いまは話が違うわ。だって、あなた自身が認めたんだもの、息子のためならなんでもすると。母親を与えることさえも……相手がシチリア人ならね」

「考えると言っただけだ。決めたわけではない。いまの僕が求める女性は君しかいないんだ」

「明日は？」

「明日もだ」

「じゃあ、私の賞味期限が切れるのはいつなの？　来週？　来月？　それとも来年？」

ヴァレンティーノは彼女を強く抱き締めたかったが、両肩にそっと手を置くだけにとどめた。「君に賞味期限などない。僕たちの関係はそんなありふれたものとは違う」

「でも、ほかの女性とつきあう気なら、あなたと一緒にいたくない」フェイスはかたくなに言い張った。

「一緒にいるあいだは僕は誠実な態度を貫く。どうか信じてくれ。僕が君を信じているのと同じく」

疑念がフェイスの目に浮かぶのを見て、ヴァレンティーノの胸に痛みが走った。彼女が泣くところなど見たくない。彼はキスをした。一度だけ、とても慎重に。そのキスに、優しさと献身の気持ちをこめようとした。

「君が欲しい」つい懇願するような口調になったが、ヴァレンティーノはかまわなかった。今夜は二人ともお互いを必要としている。ひとりきりでベッドに入ったら、後悔と思い出に何時間も眠りを妨げられるだろう。愛し合う必要があるのだ。

「あなたがもうデートをしないなら」

「それは誤解――」

　フェイスは彼の唇に人差し指を立てて口を封じた。

「デートよ。少なくとも、そうなるはずだった。二度とそんなまねはしないで」

「約束する」ヴァレンティーノはもはや自分を抑えられず、再びフェイスにキスをした。いまこのとき、彼は呼吸以上に彼女の唇を必要とした。

　彼はそのキスに情熱のかぎりをこめ、自分の恐怖を消し去った。触れ合う唇が原始的なダンスを踊る。

　最初、フェイスは反応しなかった。彼を押しのけようとまではいかないものの、身をあずけようともしない。彼女が情熱の淵《ふち》へ真っ逆さまに落ちていかないのは初めてのことだった。

　フェイスはまだ迷っているのだ。

　ヴァレンティーノはその迷いをなんとか消し去りたかった。キスを深め、攻めたてる。いまの厄介な状況を忘れ、互いの欲望を解き放つために。彼女の本能が少しずつ目覚めていくのを感じる。

　やがてフェイスの理性は本能に屈し、彼女は抵抗をやめ、唇を開いた。

　フェイスはコーヒーの味がした。夕食後に飲んだ、濃厚なクリームと甘い砂糖が入ったコーヒーの味が。

　今夜、フェイスの体を彼がどれほどよく知っているか、ヴァレンティーノは彼女に思い知らせるつもりだった。彼のみがもたらす快楽を教えるのだ。フェイスの夫は彼女に本当の喜びを与えられなかったに違いない。さもなければ、ヴァレンティーノと初めて愛を交わしたとき、彼女はあれほど驚かなかっただろう。

　彼女の生活についてあまりにも無知だった自分へのいらだちを、ヴァレンティーノは頭から追い払った。一年前に出会うよりも早く、フェイスは彼の息子に絵を教えていた。母親とのつきあいはさらに長い。ところが、彼はまったく気づかなかった。彼女が未亡人だということも。

　フェイスの夫はどんなふうに亡くなったんだ？　彼女は夫を愛し、特別な男性だと思っていたのだ。

　自分以外の男の記憶を消したいという原始的な欲求に駆られ、彼はさらにキスを深めた。

　フェイスがくぐもった声をもらす。出会った当初から、ヴァレンティーノは彼女にキスをするのが好きだった。フェイスほど彼の唇に反応し、求めてくる女性は初めてだった。フェイスは恥ずかしげに身を任せたりしなかった。彼を混乱させるほどの積極さで情熱を返した。

　フェイスが欲しい。

　だが、ここではだめだ。二人だけの秘密にしておくべき行為を誰かに見られる恐れがある。この星空の下でフェイスを自分のものにしたいという強烈な欲求と闘いながら、ヴァレンティーノは彼女を抱きあげて家の中に入った。

　彼はまっすぐ自室へ向かった。ほかのところへフェイスを連れていくことなど考えもしなかった。僕の部屋へ。僕のベッドへ。少なくともフェイスはいま、僕のものだ。

　ヴァレンティーノは上掛けをめくり、彼女をベッドに横たえた。フェイスがあたりを見まわし、その顔から好奇心が消えて驚愕《きょうがく》の表情が浮かぶ。

「ここはあなたの部屋なのね」

　ヴァレンティーノはドアに鍵《かぎ》をかけ、ベッドに戻りながらシャツのボタンを外した。「ほかにどこへ連れていくと思ったんだい？」

「わからないわ」フェイスは自分の唇に舌先を這《は》わせ、シャツからのぞく胸板に視線を注いだ。「あなたほどセクシーな男性はいないわ」

「前にもそう言ったな」

　フェイスは声をあげて笑った。ハスキーで温かな笑い声だ。「前も本気だったけれど、いまも本気でそう思うわ。あなたを見るのが大好き」

「視覚で欲望を感じるのは男だけかと思ったよ」

「かもね」フェイスは肩をすくめ、蹴《け》るようにしてサンダルを脱いだ。「これほど目の保養になるものを見せつけられたら、どんな女性も視覚で欲望を感じるかも」

「じゃあ、僕は目の保養になるのかい？」

　フェイスは甘いものでも味わうかのように唇をなめてうなずいた。

　その魅力的な舌で愛撫《あいぶ》される感触を思い出し、ヴァレンティーノは欲望をかきたてられた。「君は実に積極的だな」

　フェイスが挑発するようにウインクをして体を伸ばし、セクシーな曲線をあらわにした。

　頭をはっきりさせようとヴァレンティーノは首を振ったが、無駄だった。彼女を前にすると欲望のとりこになり、ほかのことはすべて灰色の霧に覆われてしまう。彼はズボンのファスナーを下ろした。その拍子に高まりが下着にこすれ、思わず声をあげた。

「そんなあなたのうめき声が大好き」

「聞いたことがあるのは君ひとりだ」ヴァレンティーノは残りの服を急いで脱いだ。

「本当？」

「ああ」彼はベッドにいるフェイスに覆いかぶさった。「君を生まれたままの姿にしたい」

　フェイスは彼の脇腹《わきばら》を撫《な》でた。「いい考えね」

　ヴァレンティーノは再びうめき声をあげ、お返しとばかりに唇を奪いつつ、シルクのドレスに手を這わせた。玄関でフェイスと顔を合わせてからずっと、こうしたいと思っていたのだ。ディナーは思いがけない展開になったが、フェイスへの彼の欲望はいつもと同じく強烈だった。

　情熱的なキスと愛撫に、フェイスは身を反らし、さらに多くを求めた。

　ヴァレンティーノはそれにこたえる技と体力を持っていた。愛を交わすたびに前よりすばらしくなることを、今夜も示してみせる。

　彼はフェイスの胸からウエスト、ヒップへと手を滑らせていった。彼女が激しく乱れるまで、全身をくまなく愛撫する。

　フェイスも両手を忙しく動かしていた。彼の熱い肌に指を這わせ、厚い胸板を愛撫する。それからたくましい肩に指を食いこませ、彼の体を肌が白くなるほどに強く抱き締めた。フェイスは我を忘れ、自分を抑えられなくなっていた。

　まさしく、ヴァレンティーノが望んだとおりの展開だった。

# 4

　服を脱がせる際、ヴァレンティーノは時間をかけてフェイスをじらした。しかし、目の前に現れたつややかな体に、彼は狂おしいほどの欲望を覚えた。肩から胸にかけて、そばかすが浮き出ている。フェイスの顔にはそばかすがないので、そのシナモン色の斑点《はんてん》は彼だけが知る秘密だった。服を脱がせるたび、彼はそばかすを唇で数えたくてたまらなくなる。いまも同じだ。

　ヴァレンティーノはそばかすに指で触れた。「君は本当にきれいだ」

「私のそばかすが……好きみたいね」

　あえぎながら言う様子から、彼女が徐々に自分を失いつつあるのがわかった。

「ああ」ヴァレンティーノはそばかすに舌を這《は》わせた。甘いはずはないと常識は告げているのに、舌は甘みを感じた。彼女のすべてが甘美なのだ。

危険なくらいに。

フェイスはうめくばかりだった。彼の唇が片方の胸の頂へ向かう。彼女は身を震わせ、体じゅうで喜びを表した。何よりもフェイスは胸の頂を愛撫《あいぶ》されるのが好きだった。彼も硬くなったそれを味わうのを好んだ。

胸の頂をそっと吸い、そのまわりにじっくりと舌を這わせる。欲望に駆りたてられて体がうずいても、ヴァレンティーノは急がなかった。彼女に証明しなければならないことがあるのだ。

温かな息を軽く吹きかけただけでフェイスが震えてすすり泣くまで、ヴァレンティーノは胸の頂を攻め続けた。それから、おもむろにもう一方の胸へと移る。

「何をしているの？　私を……いじめているの？」そっと胸の頂を吸われ、フェイスは息を荒くして尋ねた。

彼は顔を上げ、喜びに輝く青緑色の瞳を見つめた。

「より多くのものを与えているんだ」

「これ以上はいらない。あなたが欲しいの」

「僕を信じてくれ。ここに……」信じられないほど熱く潤っている秘めやかな場所に、ヴァレンティーノは指を這わせた。「ここに僕も入りたい。だが、君にもっと多くのものを与えてからだ」彼は指で官能の中心を探り当てた。

その瞬間、フェイスは大きな声をあげた。その声に欲望をあおられながらも、彼は必死に自制した。今夜の営みはすばらしく甘美なものになるだろう。

ヴァレンティーノは愛撫を加えながら身を乗りだし、再びフェイスの唇を求めた。返ってきた彼女のキスは激しく、荒々しいほどの情熱に満ちている。

　彼の指が紡ぎだす快感に、フェイスは身をこわばらせた。喜びが高まり、全身に震えが走る。

　官能の波間でもだえる彼女の体が解放を求めているのがわかる。押し当てられた彼女の唇からもれる懇願のつぶやきに、ヴァレンティーノは初めて愛し合ったときのことを思い出した。そのときも彼はそのつぶやきに夢中になった。

　フェイスは駆け引きもしなければ、欲望を隠そうともしない。幾通りもの違った方法で表す彼女の情熱が、ヴァレンティーノをとりこにするのだ。

　彼はフェイスのいちばん敏感な部分を親指で愛撫した。彼女が求めるとおりに。とたんに美しい体がはね、わななく。フェイスは喉の奥で鋭い叫び声を発し、彼の下唇に歯を立てた。これこそヴァレンティーノの望みどおりの反応だった。彼女にもっと多くを与えるための第一歩だ。

　絶頂を迎えたフェイスを、ヴァレンティーノはキスで落ち着かせた。むろん、これで終わりではない。まだまだだ。彼女の上半身はうっすらと汗ばみ、喜びの深さを表していた。

　フェイスの荒い呼吸が少しおさまってから、ヴァレンティーノは彼女の両脚をそっと持ちあげて自分の肩にかけさせた。脈打つ高まりをいますぐフェイスの中に沈めたかった
　彼女の顔に浮かぶ微笑を見て、ヴァレンティーノは欲望のみなぎった声で告げた。「そんなふうにしている君は信じられないほど美しい」

「満ち足りている私が？」

「いや、君はまだ満足していない」ヴァレンティーノは彼女の腰を引き寄せ、高まりの先端で秘めやかな部分を小突いた。たちまちフェイスの口から鋭い声がもれ、彼はほほ笑んだ。「君にはもっと僕が必要だ」

そのとき、フェイスの目の中を何かがよぎった。その正体をヴァレンティーノは読み取ることができなかったが、ある種のもろさのように思えた。

「ええ、そのとおりよ」

「僕も君が必要だ」

「そうね」

その言葉にこもるわびしげな響きがヴァレンティーノは気に障った。二人のベッドの中に憂鬱《ゆううつ》な感情が入る余地はないはずだ。

「君は僕の愛人ではない」なぜそんなことを口にしたのかわからないが、彼は言わずにいられなかった。

フェイスが目を見開く。「なんですって？」

「君は愛人ではない。かわいい人《カリーナ》で、友達だ」

「ええ」フェイスの微笑はまだ悲しげな風情を帯びている。しかし、目には希望の火がともっていた。

「もっと多くのものを与えたい。準備はいいか？」

フェイスがうなずいた。あえぎ声をもらしつつも、緊張している様子は見られない。彼を完全に信頼し、驚くべきことに、絶頂に達してもなお、さらに多くのものを求めているのだ。

ヴァレンティーノは腰を前に進めた。しかしすぐには入らず、張りつめた高まりの先でフェイスをじらす。彼女はベッドの中でだけ見せるおなじみの微笑を浮かべ、期待に胸を震わせて待っていた。自分の望みを彼がかなえてくれると確信して。

ほどなくヴァレンティーノは腰を突きだし、潤った部分に侵入した。なんとすばらしい感触だろう。完璧《かんぺき》だ。彼は喉の奥からうめき声をもらした。フェイスといると、彼は欲望に忠実になった。「君はとても柔らかい」

「まあ」フェイスは顔を赤らめた。「あなたがそんな露骨なことを口にするなんて誰も思わないでしょうね」彼女は腰を突きあげ、奔放にふるまい始めた。

「僕をこんなふうにさせるのは君だけだ」

「私だけのほうがいいわ」

「君は熱を帯びたシルクのようだな。君の中に入るたび、僕は正気を失いそうになる」

「私はとっくに正気をなくしたわ」

ヴァレンティーノはほほ笑み、彼女の奥へとさらに進んだ。マウラとの愛の交歓も情熱的だったが、フェイスとはまったく違う。

マウラは自分の欲望をあらわにすることにためらいを見せた。由緒正しいシチリア人の家庭で大事に育てられたのだから無理もない。一方、フェイスは欲望を惜しげもなくさらす。その姿に、ヴァレンティーノは喜びを感じた。体を重ねるたびに彼女が寄せてくれる信頼が、うれしくてたまらなかった。

「君は絶対にひるまないんだな」

いろいろな意味でフェイスは危険だった。だが、ヴァレンティーノは彼女への欲望に身を任せた。亡き妻への誓いを破る危険を冒しながら。深みにはまる前にこの関係を断つべきだと理性は告げていたが、それに従うのはもはや不可能だった。

「ひるむ必要があるの？」フェイスはありえないとばかりにかぶりを振った。「私たちの相性は完璧としか言いようがないわ」

フェイスは僕を心から信頼している。だからこそ完璧なのだ。「ああ、もちろんだ」

ようやくヴァレンティーノが我が身を深々と沈めると、フェイスは息をのんだ。彼はフェイスの両脚を自分の腰に巻きつけさせた。

「君にキスをしたい」

「ええ、お願い、ティーノ」

二人の唇が重なる。

ヴァレンティーノはゆっくりと動きながら、二人の営みのすばらしさにおぼれた。それでも、頭のどこかに罪悪感があり、警告を発していた。

キスを深めながら、二人の体が同じリズムを刻んでいく。そこには、感じてはいけないはずの愛情が確かに存在していた。

　ヴァレンティーノは彼女の興奮が彼と同じくらい高まったのを感じた。解放されたいと叫ぶ自らの体を抑え、必死に我慢した。もう一度、フェイスにめくるめく快感を味わわせたい。彼女の二度目の絶頂は最初のものより激しくなるだろう。

　そう、もっと多くのものを与えられるはずだ。

　彼女が求めるとおりの喜びを与えられるように訓練されたかのごとく、ヴァレンティーノは休みなく動いた。彼女が喜びの声をもらすと、彼は強い充足感と歓喜を味わい、いっそう強く貫いた。フェイスはあえぎ、もだえて、全身を小刻みに震わせ続けた。

　突然、絶頂の前触れが二人を同時に襲った。ヴァレンティーノは歯を食いしばり、再びのぼりつめたフェイスがすべてを味わいつくすまで待った。

　しばらく続いた彼女の絶頂がようやく終わるのを見届け、ヴァレンティーノも身を震わせて自らを解き放った。そしてフェイスの上にくずれ落ちた。

　二人は唇を離し、空気を求めてあえいだ。ヴァレンティーノはぐったりしてフェイスの隣に横たわったものの、体は触れ合ったままだった。過去の経験から、彼女がそれを好むことを知っていた。

「ありがとう」フェイスがつぶやいた。

「いや、いとしい人《カーラ》。僕こそありがとう」

　彼女がじきに眠りに落ちるとヴァレンティーノにはわかっていた。愛を交わしたあとで彼が眠ることはめったにない。その点、彼の恋人は、絶頂に達すると眠りのスイッチでも入るかのようだった。ヴァレンティーノはそれでかまわなかった。なんの気兼ねもなく彼女に寄り添えるこうしたひとときを、むしろ楽しみにしていた。

　けれど今夜、ヴァレンティーノは初めての行動に出ていた。少なくとも、マルサーラにある彼のアパートメントではしたことのない行為だった。いつの間にかくつろいで眠る姿勢になっていたのだ。

　ジョスエは朝早く目覚めるが、ヴァレンティーノは息子よりさらに早起きだ。フェイスといるところを見つかる心配はない。それに、あれほどの情熱的な営みのあとで、ベッドから彼女を追いだすなどという仕打ちはできない。もっとも、最近では、愛の交歓のあとで彼女を追いだすのがしだいに難しくなっていた。

　いずれはつきあいのルールをもう一度引き締め直さなければいけない。だが、今夜ではない。彼は眠りたかった。少しのあいだフェイスを腕に抱いて。

　ジョスエは何も知らないのだから、傷つくこともあるまい。あの子はふだんの土曜日の朝よりも遅くまで寝ているだろう。ヴァレンティーノはいつもより遅くまで息子が起きているのを許した。客がいたからだ。

　僕たちの客が。僕の恋人が。

　ヴァレンティーノは心の中でそれを打ち消した。フェイスが彼の家族の生活にここまで深くかかわるとは思いもよらなかった。それを自分がどう感じているか、いまもってわからない。しかし、今夜は考えたくなかった。一年近くもベッドをともにしてきた女性にこれほど不可解なものを感じる理由を。その理由を探るのは明日でも充分だ。女性とベッドをともにする場合に不可欠のルールを復活させるのも。

　ただし、フェイスに対してはルールを考え直してもいいかもしれない。少しだけなら。

　なにしろ、彼女は単なるベッドの相手ではない。友人なのだ。ただし、その友人について、ヴァレンティーノはほとんど知らなかった。それでも、彼はフェイスを信頼していた。人生の秘密の部分を分かち合ってもいいと思うほどに。

フェイスが恋人の腕の中で目覚めたのは、これが二度目だった。

　ヴァレンティーノは私を彼のベッドで眠らせてくれたの？　家族がいる家で？　もしかしたら彼は昨夜、本当にいつもよりずっと多くのものを与えてくれたのかもしれない。

　それとも、無意識にそうなったとか？　意図的であれ、本能的に行動したのであれ、フェイスはかまわなかった。何か意味があるに違いないのだから。

　完璧なシチリア人の妻をすぐには探さないとヴァレンティーノが約束したことに、何か意味があるのと同じように。彼は息子を何よりも大切にしているのに、フェイスとつきあっているあいだはほかの女性と交際しないと断言したのだ。

　ジョスエには新しい母親が必要かもしれないが、フェイスではありえない。そう言われたとき、彼女は胸をずたずたに引き裂かれた気がした。彼女は怒り、傷ついた。さらに、さまざまな感情があふれて混乱し、そうした感情がすべて本物なのか、妊娠によるホルモンの乱れの影響かもわからなかった。

　以前の二回の妊娠では、ホルモンのアンバランスのせいで感情のぶれが大きくなった。情緒不安定は妊娠のせいだとティリッシュが冷静に受け止めなければ、二人は絶えず口論していただろう。ヴァレンティーノも元夫と同じように忍耐強いのかしら？

　いまのフェイスは自分の感情を持て余すときがあり、それがいやだった。おとといまでは、ヴァレンティーノを思いきりなぐりたい衝動と彼を強く求める気持ちのあいだで、しばしば心が揺れ動いた。

　私だけでなく、ヴァレンティーノも自分の気持ちに確信が持てないのだ、とフェイスは思った。ジョスエにシチリア人の母親を与えたいと口にしたそばから、フェイスとの関係を終わらせたくないと言ったのだ。フェイスが愛人の立場に甘んじるはずはないと知りながら。

昨夜の営みはすばらしかった。フェイスはかつてないほどヴァレンティーノとのつながりを感じた。彼は真剣にフェイスを喜ばせようとしたばかりか、自分の一部をも与えた。フェイスの中に入ってきた彼にはまぎれもない優しさがあり、究極の喜びを二人で味わうより先に、彼女の目には涙がこみあげた。

離れがたい気持ちを抑え、フェイスは温かな腕の中からしぶしぶ抜けだした。ヴァレンティーノがうまくごまかすにしても、彼のベッドにいる姿を家の者に見られてはまずい。とりわけジョスエには。

キューピッド役を演じてはいても、父親に恋人ができるという現実に少年はまだ対処しきれないだろう。巨大な四柱式ベッドで、母親がいるべき場所をほかの女性が占めていることには。いまでさえ、フェイスはヴァレンティーノの寝室で愛し合ったことが信じられなかった。

手早くシャワーを浴びてバスルームから出たとき、フェイスは化粧だんすの上に塑像《そぞう》があることに気づいた。目鼻のない女性の像だ。男の子の赤ん坊を抱いた男性に向かって両腕を伸ばしている。男性にも赤ん坊にも目鼻はなかったが、フェイスは赤ん坊が男の子だと知っていた。

知らないはずがない。フェイスが制作したのだから。自宅のアトリエにあるオリジナルは、自分自身と、赤ん坊を抱くティリッシュの顔を完全に再現していた。赤ん坊の容貌《ようぼう》にはフェイスとティリッシュの特徴をほどよくまぜている。

「それは母が僕に買ってくれたんだ」

突然あがった声にも、フェイスは驚かなかった。ヴァレンティーノが目を覚ましていたことにも。彼は眠りが浅い。シャワーの音で起きたのだろう。

「気に入っているの？」

「とても気に入っている。マウラが生きていたころを思い出すよ」

「そう」無理もない。この複製には、オリジナルの彼女の顔に刻まれた苦悩は表れていないのだから。

「まるで、マウラが両腕を広げ、ジオと僕を迎え入れようとしているみたいだ」

「あるいは、あなたたちを解放しようとしているのかも」制作した当初、フェイスはそんなニュアンスのタイトルをつけた。けれど、目鼻のない作品をほかにもつくってからは、単純に〝家族〟と呼ぶことにしたのだ。

「それは希望的観測かい？」

その声には険があり、フェイスははっとして彼のほうに顔を向けた。「どういう意味？」

「僕が妻からついに解放され、代わりの女性を探すことを願っているのか？」

彼の表情からは何も読み取れないが、別にかまわなかった。フェイスにいま開かれている唯一の道は正直になることだ。「イエスと言ったら？」

「僕が再婚するとしたら、シチリア人の女性だと念を押しておこう。少なくとも、ジオに実の母親の一部を与えられるような女性だ」

ヴァレンティーノの目に苦悩と罪悪感が浮かんだが、どちらもすぐに消えた。

ほかの女性と交際しないという約束は、いまのフェイスには救いとならなかった。結婚についての彼の考えはあくまでも変わらないと知り、彼女はひどく傷ついた。

「どうして昨夜、ここで寝かせてくれたの？」

「僕が眠ってしまったからだ」

「あなたが不用意に眠ったことなんてなかったわ」

「何事にも最初はある」

となれば、昨夜の彼の行動は無意識の結果にすぎないことになる。つまり、ヴァレンティーノ自身、家族のいる家の寝室に私を連れてきた理由がわからないのだ。本当に？　いいえ、そんなことはもうどうでもいい。問題は彼がその行動を明らかに後悔していることだ。それ以外の感情はなぞめいた表情の下に隠れているけれど。

　ヴァレンティーノの後悔の念は理解できる。妻を亡くして以来、彼のベッドに入った女性はフェイスが初めてだ。彼が後悔していることがフェイスにとって耐えがたいのと同じく、彼もこの状況がつらいに違いない。

　夫とおなかの子供を亡くしてから、フェイスも二人を忘れるための時間を必要とした。それがいかにつらいものかはわかっている。だからこそ、自らの悲しみにもかかわらず、彼のつらい胸の内を無視できなかった。彼女が優しいからではない。ヴァレンティーノを愛していたからだ。

　彼女は塑像を撫《な》でた。この美しい作品はお気に入りの一つだ。アトリエにあるオリジナルのほうは、彼女が言葉にできなかった苦悩よりも、そこに訪れたわずかな平安を表現している。彼女の苦悩の声は誰も耳にすることがなかった。

　彼が望むなら、私は苦しみを分かち合える、とフェイスは思った。「ティーノ……」

　だが、彼はきっぱりと、そして冷ややかに告げた。

「両親が戻ってくるまで、君とは会えない」

「わかったわ」

　ヴァレンティーノは無言で立っていた。彼女が何か言うのを期待するかのように。

「大丈夫よ、ティーノ」フェイスは最後にもう一度塑像を見やってから、服を着始めた。

　ヴァレンティーノはたじろいだ。そんな返事は予期していなかったという顔つきで。「そのあとは君に会えるんだろうね？」

「ええ」

「ほっとしたよ」

ヴァレンティーノはうなずいたものの、フェイスの目にはひどくとまどっているように見えた。いつもの彼らしくない。本来の彼はビジネス界の大物で、温厚だが、よそよそしい恋人……。

身支度を整えると、フェイスは彼の前に立ち、伸びあがって頬にキスをした。「本当に大丈夫よ」

忘れることは、苦悩にとって必要な行為の一つだ。無意識にせよ、ヴァレンティーノがそうしているという事実のおかげでフェイスは希望が持てた。

「もちろんだ」

「誰にとっても楽なことではないわ」

「何を言っているんだ？」

ヴァレンティーノの口調が再び険しくなった。それとも、さっきからずっとこうだったのかもしれない。フェイスがバスルームから出てきて以来、彼はずっと緊張感を漂わせている。

「忘れることよ」

「僕には忘れるべきことなど何もない」

フェイスは反論しなかった。そんなまねをしても意味はない。自分の正しさを証明しようと彼が躍起になるだけだ。

「ご両親がナポリから戻られたら、会いましょう」

ヴァレンティーノは悪態をつき、フェイスが見ていた像の横に手を打ちつけた。妻が僕を解放する？

そんなことは考えられない。マウラは永遠に僕の心の中にいる。そう誓ったのだ。その記憶はついきのうの出来事のようにいまでも胸の底をえぐる。

あの日の朝、彼の若く美しい妻は気分がすぐれなかった。また妻が身ごもったのかもしれない、とヴァレンティーノは愚かにも期待した。

とんだ見当違いだった。

悲劇が起ころうとしているとも気づかず、ヴァレンティーノは会議のためにギリシアへ飛んだ。家族が増えるかもしれないと考えながら。妻の容態が急変したころ、彼は世界の頂点に立ったように感じていた。会議の席でも微笑を絶やさなかった自分を覚えている。会議はうまくいき、彼はグリサフィ家に大きな利益をもたらす成果を手に入れた。

そして、ヴァレンティーノの世界は崩壊した。

帰りの飛行機に乗る直前、彼は母から電話を受けた。父がマウラを病院に連れていったという。階段をのぼる途中で気を失った、と。

ヴァレンティーノが病院に着いたとき、妻は昏睡《こんすい》状態だった。生涯で初めて呆然《ぼうぜん》自失となった彼は、シャツを汗だくにして病室へ駆けこんだ。マウラの顔は蒼白《そうはく》で、ぴくりとも動かなかった。生気のない手を取った彼は、その冷たさに驚いて心臓が止まりかけた。目を覚ましてくれ、と彼は懇願した。何かしゃべってくれ、僕の手を握ってくれ、と。

しかし、なんの反応もなかった。そのときも、そのあとも。妻のまぶたが震えることもなく、口から言葉がもれることもなかった。むろん、別れの挨拶《あいさつ》も。何一つ起こらなかったのだ。

聞こえるのはヴァレンティーノ自身が発する声とマウラにつながれた装置の作動音だけだった。彼は必死に懇願し、声が嗄《か》れるまで話しかけ続けた。機能を停止した彼女の脳に奇跡が起きることを願って。だが、どんな治療も妻の命を救えなかった。

マウラは初めて陥った糖尿病性昏睡から一度も目覚めることなく亡くなった。

ヴァレンティーノは片時も妻のそばを離れなかったが、なんの役にも立たなかった。彼女が心拍停止状態に陥ると、医師たちは警備員を呼んで彼を病室から無理やり連れだした。妻が昏睡状態に陥ったとき、ヴァレンティーノは外国にいた。そして、彼女がこの世を去るときは廊下にいたのだ。

マウラのような症例はめったにないと医師たちは

言った。だが、だからといって、それがなんだというんだ？　彼の妻と二人目の子は死んでしまった。その事実は決して変えられない。

　マウラに別れを告げるとき、幼い息子を抱き締めながら感じた憤りや悲しみ、深い無力感をヴァレンティーノは決して忘れないだろう。彼女の墓の前に立ち、すすり泣く息子を抱きながら彼は誓った。永遠にマウラを愛し、心の中で彼女が占める場所を誰にも明け渡さない、と。

　以来、ヴァレンティーノはその誓いを破らなかった。これからも破るつもりはない以上、フェイスとの関係は元に戻さなければならない。さもないと別れるしかない。

　ヴァレンティーノにほかの選択肢はなかった。何を望もうと、求めているものについてどう思おうと。

## 5

　宣言どおり、アガタとロッソがナポリにいるあいだ、ヴァレンティーノは一度も連絡をよこさなかった。

　フェイスも彼に会えるとはまったく期待していなかった。彼が二人の関係の変化を受け入れるには、まだまだ時間がかかるだろう。

　受け入れるかどうかもわからないけれど、彼がそうすると信じるしかない。とりわけ、あの夜、私を求めてきた彼に許してしまったあとでは。

　もっとも、フェイスにさほど選択肢があったわけではなかった。ヴァレンティーノがひとたび誘惑を始めたら、彼女は無力だった。フェイスは彼を愛し、求めていたのだ。その真実に死ぬほどおびえながらも、否定する気はなかった。フェイスは体の触れ合いを受け入れた。彼の子供を身ごもったと知ってから彼女が切望している心のつながりの代わりになったからだ。ベッドの中では、本当にヴァレンティーノに愛されていると感じるときもあった。ほんのつかの間だったにせよ。

いまは過渡期なのかもしれない、とフェイスは期待まじりに思った。もっといい状況に変わる途中かも。もっと確かな、もっと豊かなものに。

そもそも、最近になって、ヴァレンティーノは二人の関係に変化をもたらした。彼のアパートメントで一夜を過ごし、次いで、家族が住む家で愛し合った。

本人は認めたくないかもしれないが、すでにヴァレンティーノは、単なる〝好都合な現在のパートナー〟という以上に私を意識している。私たちは最初から相手を独占した。私は彼の家族と相性がいいし、私たちには友情も、関係を長続きさせるための強力な基盤もある。私がヴァレンティーノを愛している事実は、彼とともに家庭を築くのをいっそう容易にするだろう。たとえ彼が亡き妻を愛したようには私を愛さなくても、彼の妻となり、子供たちの母親となるには充分なはずだ。

フェイスは再び家族を持てるとは思ってもいなかった。すべてを失ったショックはあまりに大きく、期待する気持ちになれなかったのだ。

それに、ヴァレンティーノへの愛ほど深くないとはいえ、フェイスはティリッシュを愛した。だから、夫は彼女の愛情深い献身に満足していた。夫が自分にもっと多くを望んでいると感じるときもあったが、彼がフェイスとの結婚を後悔したことは一度もなかったはずだ。息を引き取る直前、死によって結婚生活が終わるだけだ、と夫はフェイスに告げた。

しかし、彼女はその日を思い出したくなかった。それは過去のことだ……失ってしまった二つの家族と同じく。その二つが、フェイスがこれまで手にした本物の家族だった。これまでは。

来週から、フェイスは新たな像の連作にかかる予定だった。彼女の現在の望みと夢が反映された、喜びに満ちた家族をテーマにして。

ナポリから戻るなり、アガタが電話をかけてきた。フェイスは例のディナーの件には触れなかった。アガタは息子や孫からその話を聞くだろう。さらに、次の週はアガタをアトリエから遠ざけた。身ごもったことをヴァレンティーノに打ち明けるまでは、妊娠を悟らせるような作品を彼の母親に見せるわけにはいかないからだ。

ヴァレンティーノから連絡のない日が続くと、フェイスはますます彼が恋しくなった。子供を授かったという奇跡を分かち合いたかったが、ヴァレンティーノに時間を与えることのほうが重要に思えた。二人の新たな関係について、彼は自分で折り合いをつけなければならない。

しかし、彼の両親が戻って一週間が過ぎても音沙《おとさ》汰《た》がなかったので、フェイスはしびれを切らして電話をかけた。けれど、弟や顧客と会うためにニューヨークへ出かけたとわかっただけだった。携帯電話にかけると、留守番電話になっていた。そんなことが二、三度あり、一度は深夜だったので、彼に避けられているのだと悟った。

拒絶されたように感じたフェイスは、別れるつもりなら彼ははっきり告げるはずだという考えにしがみついた。二人の関係の変化に対応するのが、彼にとって予想以上に大変なだけに違いない。

となれば、彼が妊娠の事実を知ったらどんな反応を示すだろう、とフェイスは考えを巡らせた。幸い、ヴァレンティーノは根っからのシチリア人だ。家族、とくに子供を徹底的に愛するはずだ。彼の人生においてフェイスが果たす新たな役割は歓迎しないかもしれないが、赤ん坊ができたこと自体は喜ぶだろう。さらに、典型的なシチリア人は、母親を抜きにして子供とつながりを持とうとは夢にも思わないはずだ。

一つ心配なのは、再婚するならシチリア人の女性だというヴァレンティーノのこだわりだ。けれど、彼は大人として事態に対処しなければならない。もし結婚するなら相手はシチリア人だと言ったが、フェイスを拒絶したわけではない。ベッドの中だけでなく外でも、彼は好意を示してくれた。

それにベッドの中では、愛し合うだけでなく、いろいろ語り合った。個人的なことは避けたけれど、話題は彼の仕事や政治、最新ニュース、果ては信仰にまで及んだ。ただの知人とは決して話さないような内容だった。

今後は、ヴァレンティーノにとってフェイスは家族生活の一部となり、初めて結ばれたときには思いもよらなかったほど、彼の暮らしの中で大きな部分を占めるようになる。

フェイスは差し当たって、屋敷でランチをどうかというアガタの誘いを受けることにした。

家族に告げた帰宅日より一日早く屋敷に帰り、ヴァレンティーノは大きな車庫に車を止めた。この車庫はマウラと結婚したとき、新たに建てたものだ。彼女が車を屋根つきの場所に楽々と止められるように。甘やかしすぎよ、とマウラにからかわれながらも、彼はそうしないではいられなかった。亡き妻はとても愛らしい女性だった。

フェイスのように。

そう思ったとたん、彼はいらだたしげにため息をついた。

ニューヨーク出張は予想以上に滞在が延びたもの

の、いいこともあった。フェイスと距離をおくのが楽になったのだ。彼女からの電話に出ないのは、思ったよりも自制心を必要としたし、かなりつらかったが。

だからこそ、二人の関係を元に戻さなければ、とヴァレンティーノは自分に強く言い聞かせた。さもないと、フェイスと別れる羽目になりかねない。そんなことは望んでいなかった。

フェイスの声を聞きたいという欲求のせいで、ヴァレンティーノは自分に腹が立ち、無力感を覚えた。つきあい始めたときから、ひと晩じゅう彼女と過ごしたいという衝動と闘ってきた。朝、息子と朝食をとらなくてもいいと思わせる女性は初めてだった。その衝動に屈したら高い代償を払うとわかっていながら、あの夜、彼は正気を失ってしまった。家族のいる家のベッドにフェイスを連れていくことは間違っていないと感じた。当然の行動だと。

いまでは、そんなまねをした自分の頭を疑っている。愚かな選択をしたせいで、ヴァレンティーノは精神的にすっかりまいっていた。

もっとも、この事態に対処する資格さえ彼にはない。本当に高潔な男なら、フェイスにきっぱりと別れを告げるだろう。ニューヨーク滞在中、ヴァレンティーノは何度もそうした思いに駆られた。それができないのは、僕が弱い人間だからではないか？

生身の体はフェイスと距離をおくことができても、心は平静を取り戻せないとヴァレンティーノは知った。彼女に会いたいという気持ちは日ましにつのり、抑えようがなかった。

フェイスに会えるのは少なくとも二日後だろう。ニューヨークでの経験からすれば、その二日間は苦悩の連続に違いない。だが、父親を恋しがっている息子の身をまず案じるのが人としての務めだ。もちろん、まだ眠っているうちに出かければ、ジョスエが寂しがることはないだろうが。

すでに脱線しかけていた物思いは、テラスから流れてくる母の声に中断された。そして、続いて聞こえてきたほがらかな笑い声に、ヴァレンティーノは凍りついた。彼らしくもなく、どうしていいかわからなかった。あれこそ僕が待ち望んでいたものだ。フェイスに会いたくてたまらなかった。だが、どう対処すればいいのだろう？

考えるまでもなく、母の呼びかけによってヴァレンティーノの選択肢はかぎられた。

「ヴァレンティーノ、あなたなの？」

「ああ《シ》、僕だよ」

「ちょっとこっちに来て」

従うしかなかった。たとえ三十歳になっても、シチリアの男なら、母親にはむやみに逆らったりしない。そんなまねをしたら、母を悲しませることになる。愛する者を傷つける行為はなんとしても避けたかった。たとえいまのように、心の平和が危険にさらされていようとも。

テラスに顔を出すと、父とジョスエまでいた。

フェイスの隣でプールに足を入れていたジョスエは、飛びあがって全速力で父親のもとへ駆け寄ってきた。「パパ、パパ、帰ってきたんだね！」

「ただいま」ヴァレンティーノは息子を高々と抱きあげ、ぎゅっと抱き締めた。

「すごく寂しかった。カロジェロ叔父さんがニューヨークに電話させてくれなかったんだ」

「そういうときもあるんだよ、子犬《クッチョラ》くん。わかっているだろう」

ジョスエは首をすくめた。「パパ！　その呼び方はやめて。小さい子の呼び方だよ。僕はもう八歳なんだから」

「だが、親にとって我が子はいつまでも小さいものだよ」ロッソが二人の傍らに立って言い、息子と孫を抱いた。「おかえり、小さい子《ピッコロ》」ロッソはユーモアをこめて昔の呼び名を口にし、ヴァレンティーノと同じ色の瞳を楽しげに輝かせた。

父にそんな呼び方をされたのは十数年ぶりだったので、ヴァレンティーノは声をあげて笑った。

ジョスエもくすくす笑う。「パパはお祖父ちゃん《ノンノ》より大きいよ。なのに、なぜ〝ピッコロ〟なの？」

実際ヴァレンティーノより頭一つ背が低いロッソは、孫にウインクをして言った。「体の大きさではなく、年のことを言っているんだよ。私はいつまでも息子より年上だろう？」

「そのとおり」ヴァレンティーノは同意した。「そしてパパはいつまでも君より年上だ」彼は水着姿の息子をくすぐった。

ジョスエは悲鳴をあげ、手足をばたばたさせて父親の腕から抜けだしてプールに飛びこんだ。水面に顔を出して、父に向かって声を張りあげる。「いまは僕をつかまえられないよ、パパ」

「つかまえられないだって？」

「うん。仕事用の服を濡《ぬ》らしたら、お祖母ちゃん《ノンナ》がすごく怒るからね」

フェイスも含めてみんながどっと笑った。ヴァレンティーノは蜂《はち》が薔薇《ばら》に引かれるように、彼女に引き寄せられた。

実に美しい。フェイスは明るい緑色のトップと、似合いのカプリパンツを身につけていた。膝上まで裾《すそ》をめくり、プールに足を垂らしている。華やかな赤褐色の髪が肩を緩やかに覆っていた。

母に抱かれて挨拶《あいさつ》されても、ヴァレンティーノの意識のほとんどは、いますぐキスをしたくてたまらない女性のほうに引きつけられていた。

「ジオから聞いたけれど、あなたと私の親友はとっくに知り合いだったそうね」

その言葉で、ヴァレンティーノはようやく母に注意を向けた。母の頭がどう働くかはよくわかっている。いまの微妙な物言いに彼は神経をとがらせ、慎重に対応しなければ、と自らに注意を促した。

母は息子を再婚させ、もっと孫をつくらせようとしている。家族への義務を果たすのは弟の番だというヴァレンティーノの抗議には耳も貸さずに。

いま、母は長男がフェイスと知り合いだという事実を発見した。二人の関係が親密なものだとかぎつけられたら、たちどころに母に結婚させられてしまう。「僕たちは以前に会ったことがあるんだ」

「会ったことがある、ですって？　ジオの話では、あなたたちはお友達ということだったけれど」母が目を光らせて問いだした。

最悪の予想が当たったと確信しつつ、ヴァレンティーノはただ肩をすくめ、肯定も否定もしなかった。母に対処するにはそれが唯一の方法だ。話をそらす手もあるが、うまくいくかどうか。

「もっと興味深いのは、母さんがフェイスと友達だということだ」ヴァレンティーノは言った。「彼女のことは一度も話題にしなかったのに」

「まさか。仲のいいお友達だと、ＴＫのことをいつも話しているでしょう」

「ああ。けれど、それがフェイスとどう関係するのかな？」

アガタは目を見開き、フェイスに視線を向けた。フェイスは二人のほうを見ていないが、肩のこわばりから緊張しているのは明らかだ。

「つまり、あなたたちはそんなに親しいわけじゃないのね？」

母の口調は、息子とフェイスとの関係をもう疑っていないと伝えていた。ヴァレンティーノは安堵《あんど》したものの、母が納得した理由はわからなかった。

「僕たちは知り合いだよ」

「でも、それほどよくは知らないようね」

彼はまた肩をすくめた。非難されているような気分を打ち消したい衝動に駆られる。

アガタは悦に入った表情を浮かべた。息子が知らないことを自分が知っているのがうれしいらしい。

「フェイス・ウィリアムズがＴＫなのよ」

「母さんの友達の芸術家が？」ヴァレンティーノは唖然《あぜん》とした。「てっきり男だと思っていたよ」

「いいえ。ご覧のとおり、れっきとした女性よ」

ヴァレンティーノは化粧だんすの上にある塑像《そぞう》の女性を思い浮かべた。男性と子供を解放しようとしているのかも、というフェイスの言葉がよみがえる。あの特別な像の作者は彼女だったのだ。あのとき、彼女は何かをほのめかしたのか？　ひょっとして、作品の裏に隠された真の制作意図を明かしていたのかもしれない。とすれば、それはなんだ？　彼女には子供がいたのか？

「君は子供がいたことを話してくれなかったな」ヴァレンティーノはフェイスにいきなり尋ねた。フェイスは立ちあがり、彼と向かい合った。「覚えているかしら？　子供を抱いているのは父親よ」

彼女も同じことを考えていたらしい。

「それが何を意味するんだ？」

「自分で考えて、ティーノ。いっそのこと、お母様に尋ねたら。アガタはあなたよりよく知っているし、はるかに私を理解しているから」

家族の前でフェイスに議論をふっかけられるなど、ヴァレンティーノは信じられなかった。彼女がこんな態度をとり続ければ、二人のあいだに友情以上のものがあると母は気づくだろう。なんの話かを説明する羽目に陥れば、いっそう危険な状況になる。なにしろ、あの像は彼の寝室にあるのだ。フェイスがそれをどうやって見たかを説明するのは厄介だ。

「そこまで重要なこととは思えないな」ヴァレンティーノは母の関心をそらそうとして言った。

「いいえ、そうは思わないわ」フェイスはアガタのほうを向き、こわばった笑みを浮かべた。「そろそろおいとましなければ」

「まあ」アガタは残念そうな声を出した。「夕食までいてくれると思ったのに」

「そうとも。僕が帰ってきたからといって予定を変えないでくれ」ヴァレンティーノはずっと彼女を見ていたかった。家族の目もあり、それが賢明でないことはわかっている。フェイスとの関係は前の淡々としたものに戻さなければならない。しかし、彼女を見ていると強い安堵を覚え、この数週間のつらさを思い知らされた。いかにフェイスが恋しかったか。

「創作したい気分なんです」フェイスはアガタを抱き締めた。「ひらめきが浮かぶと私がどんなふうになるかわかりますよね？　どうか気を悪くしないでくださいね」

「そのひらめきの結果を見せてくれる？」アガタは熱心に頼んだ。「ロッソと私がナポリにいたあいだに生まれた作品も、ぜひ見てみたいわ」

フェイスはそわそわした様子で右手をおなかに添えた。「ええ、いずれ全部お見せします」

「じゃあ、約束して。芸術家の気質については知っていますからね。とくにあなたのことは。出来が悪ければ、たたきこわして粘土に戻すでしょうから」

フェイスの顔に硬い笑みが浮かんだ。「自分の気に入らない作品を残すとまでは約束できません。あなたはもう慣れたと思っていたのに」

深いため息をつきながらも、アガタはフェイスを温かく抱擁した。「そうね。でも、気を悪くしないで。あなたが快くアトリエに呼んでくださるから、つい甘えてしまって」

「友達ですもの」フェイスの笑い声は表情よりもさらにぎこちなかった。彼女はプールから上がったびしょ濡れのジョスエを抱き締め、さよならを告げた。

「来週、学校で会いましょうね」

フェイスは別れの挨拶としてロッソにはいつもどおり両頬にキスをした。しかし、ヴァレンティーノにはうなずいてみせただけだった。単なる友人同士という見せかけにはぴったりの態度だ。なのに、彼はみぞおちに軽く一撃を食らったように感じた。

両親の前で慎重に行動するのはわかるが、冷淡すぎる。わざとか？ それとも、疑惑をやわらげるため、彼女は自分の役目を果たしただけか？ あいにく、この場では問えない。疑いを招かずに、もっと温かい別れの挨拶を求めることも。今後は両親の前での行動を話し合う必要がある。

とはいえ、その問題は、去っていくフェイスを見守るヴァレンティーノにとって二の次だった。いまは彼女を追いたい気持ちを抑えるのに必死だった。

「そういえば、おまえは、母さんがＴＫを愛し始めているんじゃないかと心配していたんだったな、ヴァレンティーノ」ロッソが愉快そうに大笑いした。

「そんなに笑っては気の毒よ」アガタは夫をたしなめた。「でも、あなたって妙に鈍いところがあるのよね、ヴァレンティーノ」

どうやら、フェイスの私生活をよく知らないのは僕ひとりらしい。ヴァレンティーノはそれを改めようと決意した。いまから始めるのだ。「母さん、塑像の赤ん坊だけれど、抱いているのは父親だとフェイスは言った。どういう意味かな？」

母が答えるまで間があり、ばかな質問をしたとヴァレンティーノは悔やんだ。避けるべき話題を自ら持ちだすとは。

「私が買ってあげた像のこと？ あなたの寝室のたんすに置いてある、あれのことかしら？」

「ああ、そうだよ」母の鋭い視線を意識しつつ、ヴァレンティーノは精いっぱいさりげなく答えた。

意外にも母は追及してこなかった。もっとも、何を考えているかは、目を見れば読み取れる。

アガタはマニキュアを調べるかのように両手を見下ろし、それからまた息子に目を向けた。「あなたに話すのをフェイスが望むかどうか……」

情報を得るために危険を冒したのだから、ここで引き下がるわけにはいかなかった。「母さんにきいてくれとフェイス自身が言ったんだ」

「そうね。フェイスが六年前にご主人を交通事故で亡くしたのは知っているでしょう?」

「彼女が未亡人であることはね」

「同じ事故で、お子さんも亡くしたのよ」

「なんとむごい」ヴァレンティーノはショックを受けた。マウラを失ったとき、僕は打ちのめされた。もしジョスエまで失っていたら……。

「本当にね」アガタは孫を抱き寄せた。「フェイスは夫と子供にちなんだ、ＴＫの名で作品を売っているの。夫のティリッシュからTを、息子の名になるはずだったケイデンからKをとっているのよ」

「名になるはずだったとは?」

「フェイスは身ごもっていたの。それも、ちょっとした奇跡だったそうよ。彼女の人生は平坦《へいたん》ではなく、幼いころに母親が亡くなって、孤児になったらしいわ。父親には会ったことがないとか。たぶん、父親が誰かも知らないのでしょう」

楽天的なフェイスにそんな痛ましい過去があったと知り、ヴァレンティーノは胸が張り裂けそうなほどの苦痛を覚えた。彼はフェイスの明るさに最大の魅力を感じていた。そばにいるだけで楽しかった。

だが、フェイスが陽気なのは苦悩した経験がないからではなく、つらい過去を乗り越えた強さから生まれたものなのだ。ヴァレンティーノは言葉もないほど驚愕《きょうがく》していた。

「シニョーラはすごくママになりたいんだと思う」

ジョスエが割って入った。「先生は僕たちみんなをかわいがってくれるもの。悪い子も」

息子の言葉に、ヴァレンティーノはつい笑みをもらした。子育ての喜びを他人の子供に求めるしかないフェイスは哀れに思えたが。

自分は家族を持つように生まれついていないと、かつてフェイスが話したことがある。母親に不向きという意味だろうとヴァレンティーノは推測した。彼女は結婚や子供を持つことを望んでいないのだと勝手に解釈し、気にも留めなかった。

だが、違ったのだ、とヴァレンティーノは悟った。フェイスは僕にもっと多くを求めていた。自分には持てないと思っているもの――家族を望んでいたのだ。けれど、彼女に家族を与えようとすれば、僕は神聖な誓いを破る羽目になる。絶対に無理だ。

それでも、僕はフェイスを手放すことはできない。

# 6

フェイスは憤然として、ピッツォラートへ向けて車を走らせていた。〝会ったことがある〟ですって？　しかも〝知り合いだ〟なんて、よくもぬけぬけと言えるものだわ。

母親の無邪気な質問に対するヴァレンティーノの答えの一つ一つが、短剣さながらにフェイスの心を刺し貫いた。傷口はまだ生々しく、血を流している。

自分にとってなんの意味もない存在のように私を片づけたヴァレンティーノが不愉快でたまらない。

彼がそんな態度をとった理由をフェイスは知っていた。しかし、無視したかった。傷ついた心のために、何もわからないふりをしたい。彼との関係が変わってきたと思いこんだときのように、自分にたやすく嘘《うそ》をつけたらいいのに。

ヴァレンティーノは私をしりぞけた。彼にとっては取るに足りない存在だと言わんばかりに。実際そのとおりで、私は都合のいいベッドの相手というにすぎない。友達？　確かに、そのほうが都合がいいときは友達かもしれない。とはいえ、家族の前で友人と認めるほどの関係でないのも明らかだ。

あの日、マルサーラで彼が私と一夜を過ごした理由がわからない。家族のいる家でベッドをともにしたわけも。もっとも、二週間も電話をくれず、こちらからの電話を無視した理由はよくわかった。

彼はあの一夜を後悔しているのだろう。別れたいとさえ考えているかもしれない。

そう思うと、苦悩のあまり、フェイスは運転を続けられず、車を路肩に止めた。涙がこみあげる。

しばらく泣いたことなどなかったのに、いまは涙が止まらない。傷ついた動物の鳴き声のようなすすり泣きが喉からもれてくる。それを抑えるすべも、陽気なふりをして笑みを浮かべるすべもなかった。

今度は自分が幸せになる番かもしれないとひそかに思っていた。おなかの子は、もう愛する者を失わなくてもいい新たな人生の予兆ではないか、と。けれど、その期待は粉々に砕かれてしまった。

私はヴァレンティーノを失った。もしくはじきに失うだろう。

すすり泣きのせいで体が痛む。誰にもやわらげてもらえない痛みだ。彼の拒絶がこれから起こる不幸の前兆にすぎないとしたら？　この赤ん坊も失ったらどうなるの？　とても耐えられない。

医師は彼女の妊娠が正常で、子宮外妊娠ではないと断言した。しかし、妊娠初期は危険だ。流産の恐怖はフェイスの心に暗い影を投げかけていた。

こんな動揺は体にもよくないけれど、涙を抑えられるほど強くなれる自信はなかった。また大事なものを失いかけているのに、元気を出せるはずがない。

苦痛は軽減しなかったものの、ようやく涙がおさまると、フェイスは再び車を走らせた。

創作意欲がわいたとアガタに言ったのは嘘ではなかった。その晩、フェイスがつくったのは、誰とも分かち合えない苦悩を表現した塑像《そぞう》で、誰にも見せたくないものだった。とくにヴァレンティーノの母親には。

しかし、作品を壊すこともできなかった。やはり妊婦像で、その女性は飢餓に苦しんでいた。彼女の皮膚は、粘土でくっきりと浮き彫りにされた骨に張りついている。くたびれた衣服は腹部の小さなふくらみの上で張りつめ、絶望的な貧困の中での妊娠を示していた。髪は風に乱れほうだい、顔は雨と涙がまじり合ったしずくで濡《ぬ》れている。女性はあとひと月も生きられそうになく、まして出産予定日まで赤ん坊を身ごもっているのは無理だと思われた。

その像は、長いあいだフェイスを苦しめてきた感情的な飢餓を表現していた。彼女は路上で空腹を訴える物ごいのように、感情の飢えを満たそうとしてきた。子供たちに絵を教え、彼らと生活を分かち合い、またアガタと友情を結んだ。ヴァレンティーノとも交際した。ところが、それらいっさいは、妊婦像の女性の命と同じくらい不確かなものだったのだ。

いまのフェイスには家族と呼べる者はいない。身ごもっている赤ん坊も失うのではないかと怖くてたまらなかった。そんなことがあってはならないのに。

ジョスエが寝たあと、ヴァレンティーノはフェイスに何度か電話をかけた。だが、彼女は出なかった。フェイスがそんな態度をとったのは初めてのことだ。いらだつ一方で、彼は反省もした。今後は彼女の電話を避けるまいと。

翌日、改めて電話をかけると、三度目の呼びだし音でフェイスが出た。また留守番電話につながるのでは、と思いかけた矢先だった。

「こんにちは、ティーノ」

「やあ、かわいい人《カリーナ》」

「何か用かしら？」

「旅はどうだった、とかいう挨拶《あいさつ》もなしかい？」

「旅の話をしたければ、出張中に電話をくれたか、私からの電話にこたえたかしたはずでしょう」

痛いところをつかれ、ヴァレンティーノは顔をしかめた。「それについては謝る。忙しかったんだ」

嘘ではないが、まったくの真実でもなかった。

「三十秒の挨拶もできないほど忙しかったの？　そうは思えないけれど」

「確かに、僕のほうから電話をするべきだった」

「もうどうでもいいわ」

「君が腹を立てているなら、どうでもよくない」

「〝テレホンセックス〟をするほどの時間はなかったから、私に電話をかける理由はなかったんでしょうね」フェイスは冷ややかに言った。

僕はもう謝った。フェイスはほかに何を求めているんだ？「ばかなことを言うな」

「そうかしら？」

電話の向こうから、フェイスのため息がはっきりと聞こえた。

何かが起こっている。それもよくないことが。ヴァレンティーノは不安に駆られた。フェイスを避けたことへの謝罪は言葉だけでは足りないかもしれない。「今夜、会えるかな？」

「目的はセックスだけ？　それとも、先に食事？」

いったいどうしたんだ？　ヴァレンティーノは思いつきを口にした。「君は生理中なのか？」

フェイスは彼がとまどうくらい、ざっくばらんに生理について話した。彼女が月経前症候群に悩まされることはほとんどなかったが、何事にも最初というものはある。そうだろう？

フェイスは息をのんだ。数秒の沈黙のあと、彼女は口を開いた。「いいえ。その時期じゃないことは確かよ」

またも失敗したことを謝る代わりに、ヴァレンティーノは言った。「どうやら話をしたほうがよさそうだな、フェイス。夕食を一緒にとろう」

「どこで？」

彼が店の名を告げると、フェイスはあまり気乗りしない口調で承諾した。

ヴァレンティーノが店に着いたとき、フェイスは早くもテーブルで待っていた。相変わらず美しいが、彼を迎える笑みには温かみが感じられない。ヴァレンティーノは腰をかがめ、彼女の頬にキスをした。

「今日はいい一日だったかい？」

フェイスは目をそらし、肩をすくめた。

あまりにも彼女らしからぬ態度に、ヴァレンティーノは本当に不安をいだき始めた。病気なのか？ それとも、アメリカに帰るつもりか？ そう思うなり、胃がよじれた。「何か僕に話したいことは？」

「別にないわ」

その言葉をヴァレンティーノは信じなかった。フェイスが何かを隠しているのは間違いない。ほかの話題に興じるうちに、それが何かわかるかもしれない。「いくつかの問題について、僕たちは話し合うべきだと思う」

「そうね」フェイスは迷わず応じた。口調も態度もきっぱりとしている。

「僕の家族に対して僕と君がどういう態度をとるか、考えておくべきだと思う」

「そんなことが問題だと、本気で思っているの？」

フェイスは彼が初めて耳にするあざけりの口調で尋

ねた。「私たちは何カ月もベッドをともにしていたけれど、あなたのご家族を交えて過ごしたのはたったの二度よ。一度目は、私がジオの教師だとあなたが知っていたら、実現しなかったディナー。それに二度目も、あなたが予定よりも一日早く帰ってくると私が知っていたら、避けられたはずだった」

「だが、実際に起こったわけだし、同じことがあった場合に備えて対策を立てておくべきだろう」

「もう手は打ったでしょう。私たちが単なる知り合いで、ちょっとした友人にすぎないという印象を、ご家族は受けたはずだわ」

ヴァレンティーノは、膝の上できつく握り合わされているフェイスの手を取りたかった。だが、そんなまねをすれば、彼自身もフェイスも冷静でいられなくなるし、人目につく。

マルサーラは大きな街だから、知人に会わずにすむ店を選ぶのは難しくなかった。ここで家族に姿を見られる可能性はさらに小さい。その一方で、この街には、昔ながらの規範や伝統を重んじる気風がいまも残っている。小学校で絵を教え続けたければ、独身女性であるフェイスが世間の目を意識しないわけにはいかない。

「僕のあの言い方が気に障ったのか？」

「問題は別のところにあるんじゃない？　私たちの関係が、私にはいつもしっくりこなかったわ」

彼女の目に浮かぶ怒りと苦痛の色に、ヴァレンティーノは愕然《がくぜん》とした。「それはおかしい。出会ったとき、君は僕と同じように、長続きする関係には興味がなかったはずだ」

「状況は変わるものよ」

「変わらないこともある。もっと多くのものが得られないからといって、すでに得ているものを無駄にするべきではない」

「あなたは二週間、私を無視したのよ」

「僕は外国にいたんだ」

まずい言い訳だったし、フェイスの表情もそう思っていることを告げていた。

「私の電話を留守番電話に転送したわ」

「息をつく時間が必要だったんだ。考えなければならない問題があったから。だが、僕はもう謝った。それで君の気分がよくなるなら、もう一度謝るよ」

フェイスは申し出を却下するように手をさっと振った。「あなたの問題に答えは出たのかしら？」

「そう思う」

「その答えには、家族の前で私を、あなたにとって取るに足りない存在のように扱うことも含まれているの？」フェイスの声には明らかにとげがあった。

「そうしなければ、母は僕たちの関係をかぎつけただろう。母は僕のことをよく知っているから」

「そんな羽目に陥ったら、破滅だと？」

「ああ」フェイスがあまりにも悲しそうな顔をしたので、ヴァレンティーノは内心たじろいだ。とはいえ、選択の余地はない。「愛人が家族を訪ねてくるのは適切とは言えないからな」

「私はあなたの愛人じゃないわ」

「確かに。しかし、その違いを僕の家族に説明しようとしても無駄だ。母は僕たちを電光石火の早業で結婚させるだろう。母は君が好きだし、新しい孫の顔を見たいと望んでいるから」

「私との結婚を考えるのは、あなたにとってとても忌まわしいことなのね？」

いや、そんなことはない。ヴァレンティーノは心の中で否定した。だからこそ大問題なのだ。「僕は誰とも結婚したくないんだ」

「でも、結婚するんでしょう」

「それがジョスエのためにいちばんいいと納得できたときはね」たとえ愛のない結婚でも、グリサフィ家にふさわしい相手ならそれでいい。

フェイスはうなずいて立ちあがった。

「どこへ行くんだ？　まだ何も注文していないぞ」

「おなかがすいてないのよ、ティーノ」

彼も立ちあがった。「だったら、帰ろう」

「いいえ」

「どういう意味だ？」困惑しきりのヴァレンティーノの口調は硬く、鋭さを帯びていた。

「もう終わったの。これ以上、あなたと顔を合わせていたくないわ」

フェイスの青緑色の瞳が涙に濡れ、一瞬サファイア色の輝きを放った。しかし、まばたきのあとで涙は消え、彼女の顔からいっさいの表情が失われた。

そんな言葉がフェイスの口から出るとは、ヴァレンティーノは信じられなかった。見知らぬ人のように無表情になった彼女の顔も。「僕がいくらか時間を必要としたために、君に二週間も電話をしなかったせいか？」

「いいえ。もちろん、あなたの率直な謝罪は評価するわ。たいていの女性なら受け入れるでしょう」

「君はたいていの女性とは違うのか？」

「そうね。私はあなたにとって、いつでも欲望を満たせる便利な女性だった。でも、もう終わり。井戸は干上がったの」声のかすかな震えだけが、あからさまな言葉とは裏腹の真の感情を伝えていた。

「何を言っているんだ？　井戸がどうしたって？　僕が君を求めるように、君だって僕を求めているはずだ」

フェイスは肩をすくめた。この会話がどうでもいいものだと言わんばかりに。「私たちの関係に感情の入る余地がないことはお互い了解ずみだった。どちらかに不都合が生じれば、なんの後腐れもなく別れるという取り決めもしたわ。だから、きれいさっぱりと別れましょう」

「ついきのうまではもっと多くを求めていたのに、

いきなり何も求めないというのかい？」彼女の急変ぶりに、ヴァレンティーノは唖然《あぜん》としていた。

「あなたはもっと多くのものを与えてくれない。別れるのがいちばんだと思うわ」

「いや、違う。僕が君を求めているのと同じくらい、君は僕を求めている」彼は繰り返した。そうすれば彼女を説得できるとでもいうかのように。

「状況は変わるものよ」

礼儀正しいヴァレンティーノにはめったにないことだったが、彼はシチリアの方言で悪態をついた。

「あなたは前に言ったでしょう」

「何をだ？」

「恋愛とは無関係だって」

くそっ。確かに言った。ヴァレンティーノはうめいた。だが、まさかこんなことになるなんて思わなかった。「僕の母のことはどうするんだ？」

「お母様？　彼女は私の友達よ」

「息子は？」

「ジオは私の生徒だわ」

「つまり、僕とだけ別れるのか」

「必要なことだからよ」

「なぜだ？」

「それを聞いてどうするの？　あなたはいま以上のものを私に与える気はない。でも、私はそれではもう納得できないのよ。ほかに理由なんかないわ」

「君にこれほど辛辣《しんらつ》な面があったとは驚きだな」

「あなたがこれほどしつこいとは知らなかったわ」

侮辱されてかっとなり、ヴァレンティーノは歯を食いしばった。「僕はしつこい性格じゃない」

「それはよかったわ。じゃあ、さようなら、ティーノ。またどこかで会えるわね」

「待ってくれ、フェイス……」

しかし、彼女はさっさと出口に向かった。給仕長が現れ、何かお気に障りましたかと丁重に言ってから、別のテーブルに移るようすすめた。だが、ヴァレンティーノに給仕長の相手をする余裕はなかった。

フェイスはショックに身をこわばらせ、レストランの外に止めた自分の車の横に立っていた。体が冷えきって、動くのもままならない。しかし、なぜか涙は出なかった。

とうとうヴァレンティーノと別れてしまった。嘘でも冗談でもなく。

別れないでくれと彼が懇願するはずもなかった。恋人同士のような関係ではなかったにせよ、終わったという現実が重くのしかかってくる。

別れるつもりでここに来たわけではなかったのに。

フェイスは声もなく笑い、胸の痛みにうめいた。妊娠でホルモンのバランスがくずれたせいで感情がシーソーのように不安定なのは自覚していたし、私はそれを切り抜けようとしていた。

いいえ、シーソーというのはあたらない。むしろ、危険な高さまでのぼり、曲がりくねった道を命がけのスピードで駆け下りるジェットコースターだわ。感情が目まぐるしく変わるだけでなく、いきなり相手を攻撃したくなったりした。

二週間も電話を避けられただけでもつらかったのに、ヴァレンティーノは二人の友情さえもアガタの前で否定した。愛を交わしたつもりが、彼にとっては欲望の充足にすぎなかったのだ。彼はセックスを求め、フェイスはそれを与えた。でも、これ以上そんなまねはできない。

赤ん坊を失う危険は冒せないから。

通常の性行為なら問題ないと医師は請け合ったものの、医師は私の過去を知らない。大事な人たちを私がどれほど簡単に失ってきたかを。少なくとも、あと数週間はヴァレンティーノとベッドをともにするわけにいかない。けれど、そうなれば完全に別れる羽目に陥る。

私とは結婚しないと彼は断言した。妊娠を知って多少は彼の心が揺れても、私との結婚を避ける根本的な理由が変わらない以上、二人に未来はない。

フェイスにはそれがわかっていた。そして、義務と責任だけが理由で結婚するのを、ほかならぬ自分自身が望んでいないことも。

私との結婚を望まない相手と、結婚なんかできるわけがない。でも、赤ん坊をシチリアや家族から引き離し、ひとりで育てられる？　父親の祖国でなら、もっといい人生を歩ませられると知りながら。わからない。幸い、その決断はまだ下さなくてもいい。

フェイスはこわばった体を無理やり動かし、車に滑りこんでエンジンをかけた。

家へと車を走らせるあいだ、フェイスは考え続けた。いま決断する必要はないと自分に言い聞かせても、悩ましいことに変わりはない。感情の嵐《あらし》が吹き荒れるなかでただ一つ確かなのは、安定期に入るまでは妊娠を打ち明ける気はないということだった。

そして、そのときまでには、決断を下さなければならないだろう。

いつもは週に一度はアガタと会っていたが、フェイスは妊婦像を彼女に見せるのをどうにか避けた。ニューヨークの画廊での展示会に出す作品を前もって見せるとアガタには約束している。制作中の像の写真は、パーク・アベニューにある、ＴＫの作品を気に入ってくれている画廊のオーナーに送った。オーナーは大喜びだった。

フェイスの感情と同じく、作品が内包する思いも揺れ動き、希望から絶望までのあらゆる感情を表現していた。交通事故で家族を奪われて以来、これほど力強い作品を手がけたのは初めてだ。苦痛を感じさせる像もあったが、彼女はすべての作品を誇らしく感じた。

かつて絵の教師がフェイスに語ったことがある。喜びと同じく苦悩も霊感の偉大な源だ、と。どちらが欠けても、物足りない作品になるという。フェイスは苦悶《くもん》と恍惚《こうこつ》がひとりの人間の中に同居する、生きた見本だった。その同居が自分の作品をよりすぐれたものにすることを彼女は疑わなかった。精神状態は良好とは言えなかったけれど。

ヴァレンティーノは何度かフェイスに電話をかけたが、そのたびに留守番電話に切り替わった。伝言は無視され、携帯電話へのメールにも返事がない。

二人の関係が終わったとは彼にはどうしても思えなかった。終わったと信じようとしなかった。

フェイスは彼女らしからぬ行動をとっている。ヴァレンティーノはその理由を探り、二人の関係をなんとかして元に戻す覚悟だった。

たいていフェイスのつわりは昼まで続いた。そのあいだは制作も進まず、学校で教える日は大変だった。しばらく休講にするか、いっそ退職しようかと考えた。この街では、身ごもった独身女性が教師として歓迎されるかどうか怪しい。とはいえ、ジョスエに会えるのは学校だけなので、彼女は踏ん切りがつかなかった。

フェイスはジョスエを深く愛していた。ヴァレンティーノと別れたらあの子に会えなくなるかもしれないと考えるまでは気づかなかったが、単なる教え子ではなく、家族のように思い始めていたのだ。あの子と離れるなんて耐えられない。

この日も、少年は授業が終わっても教室に残ってあれこれ話しかけてきた。フェイスはうれしかった。ただ、今日のジョスエはひどくそわそわしている。

「何かあったの、いい子ちゃん?」

ジョスエはにっこりした。「僕をそんなふうに呼んでくれるのっていいな。ママみたいだ」

少年の言葉に胸を痛めながら、フェイスは手を伸ばして彼の髪を額からかきあげた。「うれしいわ。さて、何かあるなら話してちょうだい」

「お祖母ちゃん《ノンナ》がね、先生をディナーに招待してもいいって言ったんだ」

「まあ、うれしいわ」

「でも、パパが先生は来ないだろうって言うんだ」

「そうなの？」

少年は、石のごとき心の持ち主でも無視できそうにない懇願のまなざしで教師を見上げた。「また来てほしいな。先生とパパは友達でしょう？」

「行かないとは言っていないわ」

「じゃあ、来てくれるの？」

「いつがいいとお祖母《ばあ》様はおっしゃったの？」

「今度の金曜日だって」

「その日なら空いているわ」

ジョスエがうれしそうに笑い、フェイスに抱きついた。とたんに彼女は胸が熱くなった。

承知するなんてどうかしている。フェイスは困惑した。しかし、ジョスエの目に、失望や悲しみが浮かぶのを見たくなかった。それに、アガタやジョスエとの友達づきあいはやめない、とヴァレンティーノにも言ったはずだ。

ジョスエのきょうだいで、アガタの孫である子を身ごもっているため、二人との関係はさらに大切なものとなった。おなかの赤ん坊には自分の家族を知る権利がある。私の感情で妨げてはならない。

フェイスの中には、ヴァレンティーノが間違っていることを示したいと思う気持ちも、ほんのわずかあった。彼のそばにいても私はうまくやっていける、と。

# 7

　ヴァレンティーノがいても、やりとげられるかしら？　教室という安全な場所で考えたときほどの確信を持てないまま、フェイスは壮大な屋敷のドアベルを押した。

　すぐさまドアが開き、フェイスはどきっとした。しかし、現れたのはジョスエひとりだった。

　一気に安堵《あんど》の波が押し寄せ、フェイスは心からの笑みを浮かべた。「こんばんは、ジオ」

「こんばんは《ブオナ・セーラ》、シニョーラ」

　フェイスは小さな包みをジョスエに渡した。

「何かな？」尋ねる少年の声に期待と困惑がまじる。

「ディナーの主人役《ホスト》に贈り物をするのは礼儀よ。前に招待してもらったときに渡すのを忘れたから、今夜持ってきたわ。お祖母様《ばあ》の分も一緒にね」

「わあ」少年は包みを見やり、それから視線をフェイスに戻した。その目が輝いている。「開けてもいい？」

　フェイスはうなずいた。

　ジョスエは子供らしい熱心さで包み紙をはがし、中を見て息をのんだ。子供向けの庭仕事用の革手袋だった。

「こんなのはもう持っているでしょうけれど……」

「うん。でも布のだし、こんなにかっこよくないよ。お祖父《ノンノ》ちゃんに見せなくちゃ」

　フェイスはほほ笑んだ。贈り物を喜んでもらえてうれしかった。彼女はジョスエの案内で、アガタのお気に入りの場所であるテラスへ向かった。そこにはアガタとロッソしかいなかった。

　つかの間の猶予にせよ、フェイスはほっとした。

ジョスエが祖父に駆け寄り、新しい手袋を見せる。

アガタは歓迎の笑みを浮かべてフェイスを抱き締め、両頰にキスをした。「会えてうれしいわ」

「やれやれ、母さん」

ヴァレンティーノの声に、フェイスははっとした。

「数日ぶりじゃなく、数週間ぶりに会ったみたいな口ぶりだな」

その口調の辛辣《しんらつ》さにフェイスはいやでも気づいた。

テラスに現れた息子に、アガタがかぶりを振って応じた。「フェイスはできるなら毎日でも会いたいお友達よ。ジオにもよくしてくれるし」

「キューピッド役を演じるつもりなら、もう少し楽な相手を選んだほうがいいよ、母さん。フェイスは僕のことを好きじゃないらしいから」

まあ、ずいぶんな態度ね。フェイスは彼の挑発に乗るまいと平静を装った。

「ばかばかしい」アガタは言い返した。「あなたは私の息子よ。好意を持たれないわけがないわ」

好意を持たない理由ならリストにできるほどだが、フェイスはアガタのために我慢した。首を絞めてやりたいと思いつつヴァレンティーノを見やって、フェイスは驚いた。相変わらず魅力的だが、ひどくやつれ、肌がくすんでいる。目のまわりには、前はなかったしわがある。彼女の怒りはたちまち心配に変わった。

「疲れているようね」フェイスは思わず口走った。

「ええ。この子は働きすぎなのよ。ジオが寝たあと、オフィスに戻って明け方まで仕事をして帰ってくるの。何かに取りつかれたみたいに」

「言ったはずだよ、いまは問題が山積していると」

アガタは眉を寄せた。「お父様なら信じるでしょうね。まったく男の人ときたら！　でも、私は母親ですからね。いまのあなたの行動は、マウラが亡くなったときとそっくり。理解できないわ」

「理解するべきことなどないよ。僕は悲嘆に暮れているわけではなく、働いているだけだ」

しかし、アガタは納得しそうもなかった。母親だけに、子供の弱い面を見てしまうのだろう。たとえ、ヴァレンティーノにそんな面が存在しなくても。

「新しい事業はうまくいっているの？」

「ああ」彼の返事はそっけなく、母親に向けた視線はいらだたしげだった。「母さんがどう思っているにせよ、僕の仕事はとても順調だ」

ロッソがうなずき、会話に加わる。「もちろん、おまえはうまくやっているさ。当然だ。私の息子だからな。私はシチリアでいちばんのワイン醸造業者だ。おまえにもビジネスの才があるに決まっている。グリサフィ家の人間なんだからな」

フェイスは笑いたくなったものの、ロッソの気分を害してはいけないと自制した。彼は大まじめなのだ。とはいえ、ヴァレンティーノの自信家ぶりが何に由来するのか、一目瞭然《いちもくりょうぜん》だった。

ヴァレンティーノのせいで緊張はしたけれど、フェイスはディナーを楽しみ、意外なほど穏やかに過ごしている自分に満足した。かつての恋人と視線を合わさずにすむときは。

だが、こんな少人数ではそれも難しい。しかも、ヴァレンティーノは非協力的だった。フェイスが困るのを承知で、わざと彼女を会話に引きこんだ。

食事の際はどうにか彼と並ばずにすんだが、食後はそうはいかなかった。ジョスエとアガタが見え透いた方法でフェイスとヴァレンティーノをできるかぎり一緒にさせようとしたからだ。

いま、彼女はぶどう園の散策へと、ロッソに連れだされたところだった。ところが、ロッソとジョスエはしばしば先行したり遅れたりしている。

「君は母の言葉に対して何も言わなかったな」息子と父が離れたとき、ヴァレンティーノが言った。

「なんのことかわからないわ」

「自分の息子が好意を持たれないわけがないと母が言ったときのことさ」

「アガタは親のひいき目で言ったのよ」

「ああ。しかし、問題はそのことではなく、母の期待に反し、君がなんの反応も示さなかった点だ」

「アガタは別に気にしていなかったわ」実際、アガタがその話題を蒸し返すことはなかった。

「そうだな。でも、僕は気になる」

「それはあいにくね。私はあなたを訪ねてきたわけではないのよ、ティーノ」

「僕の家族はがっかりするだろう。懸命にキューピッド役を演じているのだから」

「無駄骨なのにね」

「ああ。だが、その理由を教えてくれないか？」

ヴァレンティーノはどうかしているわ。結婚を考えたくないと言ったのは彼よ。アガタやジョスエを落胆させると私を責めるのはお門違いだわ。「あなたが傲慢《ごうまん》だからよ」フェイスは憤然として答えた。

「グリサフィ家の人間だからしかたない」

「傲慢なのは家系のせいだというの？」フェイスは目を大きく見開いた。

「そうだ。で、ほかにも何か理由は？」

「あなたを嫌いだなんて言った覚えはないわ」フェイスは自分に正直にならずにいられなかった。たとえ傷つけられても、彼への思いは変わらない。

「二度と僕に会いたくないと言っただろう」

「私たちの情事を終わりにしたかったのよ」

「なのに、君はこうしてここにいる」

「あなたの家族を訪ねてきたのよ、ティーノ。あなたに会いに来たんじゃないわ」

「僕がいないときに来ることもできたはずだ」

「なぜ私があなたを避けなければいけないの？」

ヴァレンティーノは声をあげて笑った。あまりに魅力的な笑い声にフェイスの心はかき乱された。

「僕が悪いと言いたいのか？　僕が気を遣い、君とのディナーを避けるべきだったと？」

「あなたのお母様ともジョスエとも、つきあうのをやめる気はないと言ったはずよ」

「君は僕に会いたかったんだ。さもなければ、今夜ここに来なかったはずだ」ヴァレンティーノは彼女の頬を撫《な》でた。「認めたまえ」

フェイスはまるでやけどをしたかのように飛びのいた。「私がお誘いを断れば、ご両親は私たちの関係を疑うと考えたのよ。それで私が応じれば、あなたのほうが避けると思ったわ。あなたなら怪しまれることなく、適当な口実をもうけて家を空けられたはずよ」

「そんなまねはごめんだね」ヴァレンティーノは肩をすくめ、断固たる口調で言った。

「どうして？」

「この一週間、君は僕の電話を避けていた」

「そうすれば私の気持ちが伝わると思ったからよ」

「確かにそうだが、何かおかしい気がしてね。僕はそれについて知りたい」

「前に話したでしょう」

「もっと多くのものを与えるか、関係をいっさいなしにするか、という話か。だが、君とは結婚できないんだ、フェイス」

「条件がそろえば結婚できるとしたら、あなたは驚くでしょうね」なぜこんなことを言うのか、フェイスは我ながら不思議だった。彼に挑戦したいから？

「どんな条件なんだ？」

フェイスはかぶりを振った。いまはその点に触れたくない。「この話は忘れて」

「君が夫と子供を亡くしたことは知っている。気の毒に思う。その古傷を僕が消し去れるなら、そうするとも。しかし、彼らが君の人生に残した空洞を僕は埋められない。僕にはそんな力はないんだ」

本当にそんな理由だとヴァレンティーノは信じているのかしら？「あなたにも、対処するべき過去の悲劇があるものね」フェイスはそう返すのが精いっぱいだった。

だが、彼の反応を見る機会は失われた。いつの間にかジョスエとロッソに追いついていたからだ。収穫したぶどうをどうするかという興味深い話に、フェイスも加わった。とはいえ、考えこんでいる様子のヴァレンティーノがそばにいては、なかなかその話題に集中できなかった。

屋敷に戻る段になると、少年とその祖父はいやに早足になり、フェイスとヴァレンティーノは再び取り残された。

「ティリッシュとケイデンのことはどこから聞いたの？」彼女は気になっていた疑問を口にした。

「母からだ」

フェイスは唖然《あぜん》として立ち止まった。息子との仲を取り持つためとはいえ、アガタが私の秘密を話すなんて。「あなたが尋ねたの？」

「ああ」

彼はさほど離れていないところに立っているが、表情が読めるほど月は明るくない。それでも、フェイスは彼の張りつめた雰囲気を感じ取った。

「それって、危険じゃないかしら？」

「何が？」

「鈍感なふりはやめて。そんな質問をお母様にしたら、私に普通以上の関心を持っていると思われてしまうでしょう」

「もっとひどかったよ」口調こそ憂鬱《ゆううつ》そうだったものの、ヴァレンティーノはさほど気にしているようには見えなかった。「僕の寝室に置いてある像のことで、うっかり口を滑らせてしまったんだ」

頑固で冷静沈着なヴァレンティーノがそんな軽率

なまねをするなんて、信じられない。フェイスはかぶりを振った。「冗談でしょう」

「僕だって感情に屈する場合もある」

「ええ、そうでしょうね。でも、お母様はまだ結婚式の招待客リストをつくっていないと思うわ」

「母は僕らの仲を取り持とうとしているが、意外なほど控えめに行動している」

「あなたは気にならないの？」

「母が仲を取り持とうとしていることが、か？」

「ええ」ほかに何があるというの？

「上手にやってくれるならかまわない。家庭争議でも起こらないかぎりはね」

「つまり、お母様が望む結果を避けていられるうちは、ということね」

「そういう言い方もできる」

「私をもてあそばないで、ティーノ」

ヴァレンティーノは二人の距離をつめたが、彼女に触れはしなかった。「もてあそんでなどいない。君に戻ってきてほしいだけだ」

「愛人としてね」

「そして、友人として」

「お母様にはそんなふうに言わなかったわ」

「その点は説明したはずだ」彼は即座に応じた。

「あなたの説明に納得できなかったの」

「フェイス……」

彼女はいま、この話に深入りしたくなかった。幸い、ジョスエがこちらに走ってきた。

「ずいぶん遅いね。お祖母ちゃん《ノンナ》が、先生さえよければ、僕たち泳いでもいいって」

「実は、もう帰ろうかと思っているの」

ジョスエはがっかりした顔を見せたが、フェイスに甘えようとはせず、ただうなずいてうつむいた。それはどんなに駄々《だだ》をこねるより効果的だった。

フェイスは少年の手を取った。「ちょっと泳ぐだけなら大丈夫かもしれないわ。それでいい？」

「本当？」ジョスエは顔を上げ、目を輝かせた。

「ええ」

「水球をしようよ。カロジェロ叔父さんが新しいネットを送ってきてくれたんだ」

「おもしろそうね」

「ああ、おもしろいとも」ヴァレンティーノは息子の反対側の手を取った。「パパもやりたいな。仲間に入れてくれるかい？」

「もちろんさ」ジョスエの声ははずんでいた。

次の数十分が緊張感に満ちたものになるというフェイスの予感は的中した。ジョスエとの約束を破るわけにいかないが、子供との約束を反故《ほご》にしたくなった。

プールに入って十五分後には、フェイスはもうたくさんという気持ちになっていた。

ヴァレンティーノはゲームを口実に彼女に触れ、ひそかにからかった。さりげなく腕にさわり、ヒップに手を当てる。潜水を防ぐふりをしてウエストに手をまわす。しまいには、耳の後ろの敏感な部分に唇で触れ、君が欲しいとささやきさえした。フェイスは彼を突き飛ばし、プールから上がった。

「シニョーラ、どこへ行くの？」ジョスエがきく。

「もう帰らなくちゃ」フェイスは声に怒りがにじまないよう努めた。父親が手に負えないのはジョスエのせいではない。

「でも、どうして？」少年は困惑し、繰り返し尋ねた。「とても楽しかったのに」

「ああ。みんなで楽しんでいたのにな」

ヴァレンティーノが猫撫で声で言い添えたのには、フェイスも我慢できなかった。「そうかしら？　だったら、私が帰る理由をジョスエに説明する役はあなたにお任せするわ」

今度はヴァレンティーノが困惑の表情を浮かべた。

そんな顔をすると息子にそっくりになる。おなかの子供はヴァレンティーノに似るのかしら？　それとも私？

何を考えているの？　フェイスは自らを戒めた。おなかの赤ん坊が父親似かどうかなんて考えている場合じゃないでしょう。彼をなぐりたいのに。

フェイスはそれ以上は何も言わずにきびすを返し、更衣室に飛びこんだ。

ほどなくフェイスはアガタとジョスエを抱き締め、別れの挨拶《あいさつ》をした。ロッソの姿は見当たらず、ヴァレンティーノにはおざなりの挨拶をするにとどめた。

ピッツォラートのフェイスのアパートメントまでやってきたヴァレンティーノは、彼女の部屋の前でしばしためらった。昨夜は彼にとっていらだちの連続だった。一歩近づくたび、彼女は二歩遠ざかった。その理由がわからない。

プールでのひとときを利用し、自分たちが失ったものを彼女に思い出させるつもりだった。それが功を奏していると一時は確信した。フェイスの息が荒くなり、ワンピースの水着の下で胸の頂がとがるのを認めた。ところが、彼女はあからさまに拒絶の態度を示し、プールから上がってしまった。帰らなければならないと告げて。ジョスエの傷ついた顔を見ても、彼女は意志を曲げなかった。

いったいなぜだ？

屋敷で愛し合ってから数週間がたつが、ヴァレンティーノが切望しているのはフェイスの体だけではなかった。彼女自身が恋しかった。その熱いうずきはほかの何ものにもいやせない。だから、彼はいまここにいた。状況を正すために。

彼はドアを見つめた。どうしてノックしない？　おまえは意気地なしか？　そんなはずはない。僕はヴァレンティーノ・グリサフィなのだ。

彼はドアを強くノックした。

母の話によれば、フェイスは制作に没頭してノックに気づかないことが何度もあったという。創作意欲がわいたときは、深夜でも早朝でも、時間にかまわず仕事をするらしい。母はフェイスについていろいろな話をしてくれた。

そうして得た知識と、以前に母がＴＫについて語ったことを重ね合わせ、ヴァレンティーノはフェイスの新たな面を知った。その結果、自分がいかに彼女について無知だったかを思い知らされた。彼にとってはともかく、フェイスにはそれが問題なのだろう。二人のつきあいはもうすぐ一年になる。初めての記念日を、フェイスを失ったと嘆きながら過ごしたくはなかった。

深呼吸をしてから、彼はもう一度ノックをした。

「はい」

返事があり、まもなくドアがさっと開かれた。

「アガタ、いらっしゃるとは思わなかった――」

「違うよ、フェイス」ヴァレンティーノはすかさず遮った。「母なら、ジョスエの学校で開かれるチャリティの会合に出ているころだ」

フェイスはあきらめに似た表情で彼を見てから、ため息をついた。「ええ、そのはずね」

「入ってもいいかな？」

「だめだと言ったら、帰ってくれる？」

「いや」

「なぜ入りたいの？　私の部屋どころか、この建物にすら足を踏み入れたことがなかったのに。私の住んでいる場所さえ知らないと思っていたわ」

そのとおり、母親に尋ねなければならなかった。だが、それをフェイスに言う必要はない。ヴァレンティーノは答えた。「君の仕事場を見たいんだ」

顔をしかめながらも、フェイスは後ろに下がった。ヴァレンティーノは彼女に続いて中に入った。広くはないが、狭いとも言えない。居間がアトリエに改造され、大きなガラス戸の外はバルコニーになっている。天井の半分はガラス張りで、自然光が差しこんでくる。ここを仕事場に選んだ理由が彼にはよくわかった。アトリエの一画には談話用のスペースがあり、伝統的なシチリアタイルの装飾が施された低いテーブルと、二人掛けのソファと二脚の椅子が置かれていた。

　飲み物を断ったあと、ヴァレンティーノは椅子に腰を下ろした。「ここを訪れるのは母だけか？」

「学校の教師が二人来たことがあるわ」

「仲間の芸術家は？」ヴァレンティーノは彼女の生活を思い描こうとしていたが、まだはっきりとは像を結ばない。彼はそれが気に入らなかった。

　フェイスは肩を軽くすくめた。「私は人とのつきあいが苦手だから」

「僕にとって君はいつも親しみやすかったから、社交的な女性だと思っていた」

　フェイスは持っていたぼろ布で手についた粘土をぬぐい、彼からいちばん遠い椅子に座った。「そうね。ＴＫが社交的でないと言うべきだったわ。芸術家のコミュニティに何人か友人がいるの。でも、昼間に立ち寄るほど近くに住む人はいないわ」

「君は本当は孤独をかこっているんじゃないか？」

　フェイスは当惑した様子でかぶりを振り、話題を変えた。「どうしてここに来たの？」

　昨夜あんなふうに去っておいて、よくも尋ねられるものだ、とヴァレンティーノは思った。「君が恋しかったからだ」

「そんなはずないわ」フェイスは身をこわばらせ、背筋を伸ばした。「ベッドに誘う相手ならいくらでもいるでしょう」

　ヴァレンティーノは顔をしかめた。「僕たちのつきあいが単にセックスだけみたいな言い方はやめてくれ」

「もうつきあってないわ」

受け入れがたい言葉だったが、反論したらけんかになる。そう思い、ヴァレンティーノは別のことを口にした。「そこに並んでいるのが、母が見たがっている作品かい？」カバーで覆われたいくつもの像を指し示しながら尋ねる。

「ええ。完成したらご覧いただくわ」

ヴァレンティーノは強い好奇心に駆られた。「母は制作中の君の作品を見るのが好きなんだ」彼自身、フェイスの作品を見たかった。

「今回はだめなの」

「なぜだ？」

「型を取って釉薬《ゆうやく》をかけるまで見られたくないの」

「君は粘土で型をとるのかい？」

「そういう作品もあるわ。原型をつくって型抜きをして、通し番号をつける。もちろん、粘土をそのまま焼いて、一点物の作品にする場合もあるけれど」

「僕は君の作品の工程について、何も知らないんだな」フェイス自身についてよりもさらに。

「確かにそうね」

気のない返事だった。だが、たいていの人間は自分が情熱を傾けているものについて熱心に語りたがるものだ。彼はめげずに尋ねた。「僕の無知なところを変えたいとは思わないか？」

「別に」

冷淡な応答にヴァレンティーノは愕然《がくぜん》とした。彼女の態度からすれば驚くまでもないが。とにかく、数週間前までのフェイスに戻ってほしい。「君の仕事について僕とはあまり話したくないらしいな」

「そもそも、あなたとは話したくないの」

「そんな態度はとらないでくれ」ヴァレンティーノは自分の感情を分析したくなかったが、いい気分でないのは確かだった。「僕たちは友達だろう」

「お母様にはそう言わなかったわ」

いつまでこだわるつもりだ？　母にあんなふうに言ったことを僕は後悔し、頭を壁に打ちつけたいほどなのに。「僕が自分を守ろうとしたことは認める。しかし、僕たち二人のためだったんだ。逆に君にききたい。母にどう言えばよかったんだ？」

「本当のことを言うとか」彼女は思いきって答えた。

「僕たちが恋人同士だと？」

フェイスは彼をにらみつけた。そのまなざしには怒りと嫌悪がこもっていた。「でも、それは本当のことじゃないものね。そうでしょう？」

「僕たちは恋人同士だ。中断はあったかもしれないが、いまも変わらない」

「あなたの妄想よ。いまの私たちは恋人同士ではないし、そうだったこともないわ」

「それこそ妄想じゃないのか？」

フェイスは立ちあがった。わきに垂らした両手で握り拳《こぶし》をつくる。「誰かの恋人と思われたかったら、情事以上のものを与えなければだめよ。私たちは単なるセックス・パートナーだった。いまでは、昔の知り合いにすぎないわ」

「違う。僕たちにはセックス以上のものがある」

「そうなの？」

「ああ、友情がある」

「繰り返しになるけれど、あなたの家のプールのそばで、あなた自身が言ったことを思い出して。私たちは友達ではないとお母様に言ったはずよ」

「僕が間違っていた。すまなかったよ」彼は歯を食いしばって言った。

「あなたにはずいぶんつらいことよね？」

ヴァレンティーノはいぶかしげに彼女を見つめた。

フェイスは言葉を継いだ。「自分の非を認めるのはあなたの主義に反するもの」

「たびたびあることではない」

「間違いを犯すことが？　それとも、そう認めることが？」フェイスは暗い喜びを覚えながら尋ねた。

「両方だ」

「そうは思えないけれど」

ヴァレンティーノも立ちあがり、そばに寄って彼女の腕を取った。「戻ってきてくれ。僕には君が必要だ」

フェイスの目に涙があふれた。「できないわ」

「なぜだ？　何がだめなのか言ってくれ。間違いは正す」ヴァレンティーノはどうしても二人の関係を終わらせたくなかった。

「あなたには無理だわ」

「やってみるよ」

「私を愛せる？　私をあなたの妻にできるの？」

ヴァレンティーノの心の中で、何かが粉々に砕け散った。「できない」

「だったら、元には戻れないわ」

## 8

フェイスはその後の数日間、喪失感による無気力と妊娠が続いているという希望とのあいだで心が揺れ動く日々を過ごした。ヴァレンティーノが恋しかった。心も体も彼を求めている。性的な欲求とは無関係に、ただ触れてほしかった。妊娠による体の変化を感じつつ、彼に抱き締められたい、彼のぬくもりに慰められたいとフェイスは願い続けた。体がだるくて創作意欲もわかない。それでいてぐっすり眠ることもできず、夜になると話し相手が欲しくてたまらなかった。

ヴァレンティーノを失って初めて、彼のおかげでいかに孤独をいやされていたかに気づいた。情けない話だが、アガタと会うたび、長男の話題が出ないかとつい期待するようになっていた。

つわりはひどくなる一方だった。それでも、フェイスは教師の仕事は続ける覚悟だった。恋人を失ったうえ、彼の息子との唯一のつながりまでなくしたら、とても耐えられない。私の中でジョスエはいつからこれほど大切な存在になっていたのかしら？

ヴァレンティーノがアパートメントを去ってから一週間ほどたった夜、アガタから電話があった。

「こんにちは《チャオ》。お元気？」

「ええ、おかげさまで」

「今日は家にいなかったのね」

「マルサーラまで買い物に行っていたので」

フェイスには外出が必要だった。人ごみの中にいることが。孤独のあまり正気を失うのではないかと感じるときがあったのだ。

「ランチでもどうかと思って立ち寄ったのよ」

「まあ」フェイスは心から残念に思った。「ぜひご一緒したかったのに」

「そうね。実は、作品を見せてとお願いするつもりもあったのだけれど」

フェイスは声をあげて笑った。「もうすぐですから」アガタに妊娠を打ち明ける心構えはできているものの、安定期に入ってからと決めている。もっとも、それがヴァレンティーノの子供であることをどう話すかはまだ考えていなかった。

「楽しみだわ」

アガタの声にこもった感情的な響きに、フェイスは驚いた。気のせいかもしれないけれど、いずれにせよ、この老婦人ほどフェイスの芸術を理解してくれる人はいない。

「じゃあ、明日ランチをいかが？」アガタが尋ねた。

「ええ、ぜひ。楽しみだわ」

電話を切ったフェイスは、不安に駆られながら空虚な部屋を見まわした。気分が悪くて食欲がわかないのに、食事を楽しめるかしら、と。

ヴァレンティーノがプールサイドの椅子に座り、祖父と遊ぶ息子を眺めていたとき、アガタが彼の隣に腰を下ろした。

母がフェイスの家を訪ねたことを知っているだけに、ヴァレンティーノは母の心配そうな表情がひどく気になった。「何かあったのかい、母さん？」

答えはなかった。アガタはいつになく神経質な様子でしきりに両手をもみ合わせている。

「母さん？」

息子の存在にたったいま気づいたとばかりに、アガタが顔を上げた。「あら、何か言った？」

「何かあったのかときいたんだ」

「別に。まあ、問題はあるかもしれないわね。ただ、どうするべきかわからなくて、困っているの」

「どんなことで？」ヴァレンティーノはいらだたしげに尋ねた。フェイスに関することだろうか？

「してはいけないことをしてしまったの」アガタは深いため息をついた。

「何を？」

「あなたに話していいものやら……」

ヴァレンティーノは辛抱強く待った。母のことならわかっている。黙っていたくても、話さずにはいられないだろう。何はともあれ、それがフェイスに関係するなら、ぜひ聞いておきたい。

別に、彼をあっさり捨てた女性に対し、いまもって執着しているわけではない。フェイスが最後通告を突きつけ、それを僕が拒否しただけのことだ。彼女は妥協しようとしなかった。それで事は終わった。

アガタは再びため息をついた。さらにそわそわした様子で、三度目のため息をつく。「私はフェイスのアパートメントの鍵《かぎ》を持っているの」

「それで？」ヴァレンティーノは平静を装った。母が僕の恋人の家の鍵を持っているのに、僕の手もとにはない。フェイスもマルサーラの僕のアパートメントの鍵を持っていない。おかしな話だ。僕よりも母のほうがフェイスのアトリエで過ごす時間が多いとは。

僕たちは友達だった。一緒にいる時間をずっとベッドの中で過ごしたわけではない。だったらどうして、制作中のフェイスの作品を僕は見たことがないんだ？　かなりの成功を博している彫刻家のＴＫが彼女だと、なぜ知らなかったのだろう？

「今日、彼女の家に立ち寄ったの。いきなりね」

ヴァレンティーノはとりあえずうなずいた。

「それで中に入ったのよ。フェイスがすぐに帰ってくると思ったものだから」アガタの背筋がぞくっと震える。「恐ろしいことをしてしまったわ。フェイスの最新作を見たくてたまらなかったとはいえ」

「のぞき見したというわけか」

「ええ。それだけでも許されないのに……作品を見たことで、フェイスの秘密を知ってしまったの。友達を裏切ったも同然だわ」

「秘密？」どんな秘密だろう？　ヴァレンティーノは気をもんだ。

「ええ、秘密よ。フェイスは誰にも言わないつもりだと思う」

「それがなんであれ、大丈夫だ。彼女と母さんは親友なんだから。きっと許してくれるさ」

「でも、女性がああいうたぐいの秘密を人に打ち明ける場合、いつ話すか決めるのは当人よ。言わば私はフェイスを出し抜くかたちになった。彼女が話してくれるとき、知らないふりなんてできない。友達に嘘《うそ》はつけないもの」アガタは顔をしかめた。「誘惑に駆られて最初の作品を見た瞬間、私はフェイスの秘密に気づいてしまったのよ」

いらだちのあまり母をにらみつけそうになり、ヴァレンティーノは歯を食いしばった。「いったい、母さんはフェイスの何に気づいたんだ？」

「あの像を見れば一目瞭然《いちもくりょうぜん》だわ」

「その像というのは？」ヴァレンティーノはもはや自分を抑えきれず、たたみかけた。

「心配でたまらない。私の想像どおりだとして……きっとそうに違いないけれど、ファーザーの気配はないの。フェイスにとっては試練だわ」

「神父《ファーザー》？　神父となんの関係があるんだい？」

「神父ですって？　いいえ、フェイスはプロテスタントだもの、それを言うなら牧師でしょう」

「わけがわからないな」

「私は、彼女の子供の父親《ファーザー》と言ったのよ」

「子供？　フェイスに子供はいないだろう。生まれてくるはずだった赤ん坊は夫と一緒に交通事故で亡くなったのだから」

「いま、彼女のおなかにいる赤ん坊のことよ」

ヴァレンティーノは息をのみ、空気中からいきなり酸素がなくなったかのようにあえいだ。「フェイスが妊娠しているというのか？」

「さっきからそう言っているでしょう。聞いていなかったの？　像を見たりするんじゃなかったわ。フェイスが打ち明けてくれるとき、とうに知っていたと言わなければならない。彼女は失望するわ」

母はなおも話し続けていたが、ヴァレンティーノはもう聞いていなかった。さっと立ちあがり、れんが敷きの中庭へ足を踏みだす。走ろうとしているのに、足が言うことを聞かない。頭の中で、母の言葉がシンバルさながらに鳴り響いていた。

〝いま、彼女のおなかにいる赤ん坊のことよ〟

フェイスが妊娠？　僕に向かって、もうあなたに会いたくないと言った女性が。たいしたものではなかったと言わんばかりに、二人の関係を終わりにした彼女が。

　ヴァレンティーノはかぶりを振ったが、衝撃は消えなかった。僕はまた子供を持つのか？　それも、じきに？　ジョスエが唯一の子供になると思っていたのに。とても信じられないが、現実なのだ。彼の心の一部は事実を受け入れていた。その赤ん坊が自分の子供であることは疑う余地がない。たとえ僕を遠ざけようとしても、フェイスは僕のものだったのだ。初めて会った瞬間からずっと。胸の奥から聞こえてくる声は、二人が知り合う前からフェイスは僕のものだったと主張している。

　ヴァレンティーノは車庫まで走って愛車に乗りこみ、たたきつけるような勢いでドアを閉めた。エンジンをかけ、轟音《ごうおん》とともに私道へ飛びだす。

　なぜ彼女は妊娠したんだ？

　避妊はきちんとしていた。いや、絶対というわけではない。片手で数えるほどだが、百パーセントとは言いきれないときもあった。そんなとき、彼は罪悪感に悩まされ、次の機会にはそれまでよりも注意深く行動した。いずれにせよ、ヴァレンティーノには心当たりがあった。

　彼は二、三カ月前の出来事を思い返した。

　その晩、ヴァレンティーノはお気に入りのレストランにフェイスを連れだした。プライバシーを確保できる席を頼んだところ、案内されたテーブルは店の奥の隅にあり、薄暗かった。テーブルの真ん中に置かれた一本のろうそくの火が、ロマンティックな雰囲気をかもしだしていた。

　少なくとも、ヴァレンティーノはそう感じた。

　彼が手を貸して椅子に座らせると、フェイスは眉を寄せた。「私たちの交際が普通でないのはわかるわ。でも、暗闇《くらやみ》に隠れる必要があって？」

　ヴァレンティーノは身を乗りだし、彼女の耳もとでささやいた。「人間観察に興じるより、食事をじっくり楽しみたいと思ったんだ」

彼には理解できなかったが、フェイスは人を観察するのが好きだった。ときには度を越すほどに。ヴァレンティーノは今夜、彼女の注目を自分だけに集めるつもりだった。この場で彼女を誘惑することになるなら、それでもかまわない。

そして、まさに彼はフェイスを誘惑した。それは耳たぶのすぐ下へのキスから始まった。唇だけでなく、歯と舌も駆使する。キスを終えるころ、彼女は身を震わせ、小さな声をもらしていた。

それからヴァレンティーノは小ぶりのテーブルに彼女と向かい合って座った。

「あなたの計画を考えると、このテーブルを頼んだ理由もわかるわ」フェイスが無意識のうちにトップを撫《な》でると、シルク地を押しあげるように胸の頂がとがっているのがわかった。

「一度くらい人間観察をしない夜があっても、生き延びられそうかい？」彼の声は欲望でかすれていた。

「あなたなら、それだけの価値があることをしてくれるんじゃないかしら？」

食事をしながらからかい合ううちに、二人の欲望は頂点に達した。ヴァレンティーノはもっと暗い隅にフェイスを引っ張りこんでいますぐ思いを遂げたくなった。しかし、美しい恋人のためにその夜を忘れられないものにしたくて、懸命に自制した。

フェイスの青緑色の瞳は情熱にきらめき、唇はたったいまキスしたばかりのように腫《は》れて、呼吸は浅く速かった。

ヴァレンティーノはテーブル越しに彼女の頬を撫でた。人前では珍しい愛情表現だった。「そろそろ僕のアパートメントに行くべきじゃないかな」

「ええ」

アパートメントに戻るや、二人はもどかしい思いで服を脱ぎ捨てた。だが、二人して生まれたままの姿でベッドに横たわってから、ヴァレンティーノはことさら時間をかけようとした。それは彼にとって簡単なことではなかった。フェイスのなめらかな深みに我が身をうずめたくてたまらない。しかし愛の行為は、絶頂に達することだけがすべてではない。

　とはいえ、彼女の両手があちこち這《は》いまわり、ヴァレンティーノの心づもりをいまにも砕きそうだった。そこで彼は、片手でフェイスの両手首をとらえ、頭上に固定させるしかなかった。

　フェイスは息をのみ、欲望もあらわに身をよじった。「ティーノ、だめよ、こんなこと」

「必要なんだよ、大事な人《テゾーロ》」

「どうして？」

「喜びのあまり、君に正気をなくしてほしいから」

「もうそうなっているわ」

「違う」ヴァレンティーノは彼女に熱いキスをしてから身を引いた。「話ができるうちはね」

　それから彼はフェイスの喉に沿って唇を滑らせ、鎖骨のすぐ下のくぼみにある小さなあざを吸った。彼自身がつけたキスマークだ。

　フェイスは震え、声をあげた。いつもどおりの反応に、ヴァレンティーノは欲望をかきたてられ、夢中でキスを続けた。まるで、女性の喜ばせ方を学んでいる最中の思春期の少年のように。

　彼の愛撫《あいぶ》がフェイスの胸に移った。片方のふくらみを手で包み、もう一方のふくらみを舌で味わう。とてつもなくセクシーな女性の口から、泣き声や言葉にならないあえぎ声がさんざんもれたあと、彼は胸の頂に愛撫を集中した。一心不乱に。

　フェイスが叫び、体を弓なりにそらす。そして彼女は頂点に達した。全身をこわばらせ、続いて激しくわななかせた。

　ヴァレンティーノは彼女の両手を放して体を重ね、

自らの高まりで彼女の敏感な部分に触れた。フェイスが支離滅裂なことを叫んでも、彼はなおも続けた。フェイスが両脚を彼の体にからませて腰を浮かせ、高まりを彼女の中へと招き入れる。ヴァレンティーノはキスをしながら動きを速め、絶頂を迎えかけた。

　そのときになってようやく、彼は避妊具をつけていないことを思い出した。

　彼にもっと自制心があれば、いったん体を離し、避妊具の入っているベッドわきの引きだしに手を伸ばしただろう。だが、ヴァレンティーノにそんな余裕はなかった。

　彼が解き放つと同時に、フェイスも彼の名を叫びながら身を震わせ、先ほどよりもいっそうすばらしい高みへとのぼりつめた。

　ヴァレンティーノはいま、あのときフェイスは身ごもったのだと確信した。

　ついきのうまで、フェイスが彼の子を宿しているなどと、ヴァレンティーノは考えてもみなかった。おなかの中にいる子供の父親と別れようとする女性などいるはずがない。

　彼は口汚くののしりながら車のドアを勢いよく開けた。

　いや、フェイスならありうる。彼女は僕に妊娠を告げるより、自分の人生から僕を追いだすほうを選んだのだ。

　なぜだ？　彼女は何を考えている？　ヴァレンティーノは自問した。僕の子供を連れてアメリカに帰り、シチリアに家族がいることも教えずに育てるなど、許されると思ったのだろうか？

　しかし、どうにも腑《ふ》に落ちない点がある。フェイスは何度か結婚を口にした。僕と結婚したいのなら、なぜ妊娠を隠していたのだろう？　我が子が家名と財産を受け継ぐ権利を僕が否定するはずがないことは承知していただろうに。

ヴァレンティーノは、ジョスエを身ごもっていたマウラが、わけのわからない行動に及ぶことがあったのを思い出した。

フェイスも同じように情緒不安定の状態にあるに違いない。僕は自分の感情を抑える必要がある。怒りをあらわにしてはならない。

ヴァレンティーノには状況を正す責任があったし、そういうのは得意だった。ぶどう園の経営が悪化した際、彼が救いの手を差し伸べなければ破綻《はたん》は免れなかった。代々の家業を多角経営の多国籍企業に変えたのは彼の手腕だった。

ヴァレンティーノはグリサフィ家の危機を救った。弟と頑固な父親が仲たがいしていたときは、ニューヨークにあるオフィスを弟に任せ、二人の関係の修復に力を尽くしもした。いまや、父と弟は毎週のように電話で話し、口論などめったにしない。

唯一どうにもできなかったのは妻の病気だった。彼はマウラを救えなかった。そしていまも、自らの無力の代償を払い続けている。

だが、フェイスは違う、とヴァレンティーノは自分に言い聞かせた。フェイスは僕の行動しだいで失わずにすむのだから。

うつらうつらしていたフェイスは、何かをたたく大きな音にはっと我に返った。座り直し、夢うつつの状態で自分の部屋を見まわす。

また同じ音が響いた。誰かがドアをノックしている。フェイスはよろめきながら立ちあがって玄関へ向かい、さっとドアを開けた。ヴァレンティーノが再びノックをしようと手を上げたところだった。

すぐに手を下ろした彼の端整な顔に、状況と不似合いな安堵《あんど》の表情が浮かんだ。「よかった。初めは静かにノックをしていたのだが、君には聞こえなかったらしい」フェイスに触れるかのように手を伸ばしたものの、すばやく下ろす。「仕事をしていたのかい？　いま、そんなことをして大丈夫なのか？　粘土や釉薬《ゆうやく》に危険な成分が含まれていないか、調べなければならないな。君が情熱を傾けているものをあきらめろとは言いたくないが、最後の数カ月は細心の注意が必要だ」

「ティーノ？」私はまだ意識が朦朧《もうろう》としているせいで、彼の言葉が理解できないの？　それとも、変なのは彼のほう？

「なんだい？」

「今夜はずいぶんおしゃべりね」ろくに息も継がずにこれほど話す彼をフェイスは初めて見た。それに、言っていることが支離滅裂だ。「どうしたの？」

「尋ねるまでもないだろう？」ヴァレンティーノはひどく非難がましい声できき返した。目を閉じて小さくうなる。「すまない、フェイス」

「ティーノ、本当に大丈夫？」

ヴァレンティーノは三度、深く息を吸った。息を吐く動作がしだいにゆっくりになる。そして目を開け、悟りきったようなまなざしを彼女に向けた。おしゃべりな彼と同じくらい奇妙なしぐさだった。

「入ってもいいか？」

「いいか、ですって？」フェイスは面食らった。要求するわけでも、ずかずかと入ってくるわけでもないなんて、ヴァレンティーノらしくない。「いったいどうしたの？」

フェイスの背後に意味ありげな視線を向けただけで、彼は答えなかった。

「わかったわ。入って」彼女は後ろに下がった。

電話でアガタと話したあとのうたた寝のせいで、フェイスの頭はまだぼんやりしていた。ヴァレンティーノの態度も変だ。

「何か飲み物でも持ってきましょうか？」

「ウイスキーがいい」彼は妙な声音で言った。「だが、自分で取ってくる。君は座っていたまえ」

「ここには一度しか来ていないのだから、どこに何があるかわからないでしょう」

ヴァレンティーノは両わきで拳《こぶし》を握りしめ、抑えた口調で言った。「教えてくれ」

私に戻ってほしいのはわかるけれど、いつもの強引な性格がこうまで変わるものかしら？　フェイスはいぶかった。「それより、私が用意したほうが早いわ」

「君もウイスキーを飲むんじゃあるまいな？」

彼女は目をくるりとまわした。「知っているでしょう、強いお酒は飲まないって。今夜のあなたはいったいどうしてしまったの？」

「僕たちには話し合うべき問題がある」

「必要な話なら全部したはずよ」とにかく、いまのところは。実のところ、別れ話を蒸し返す気にはなれない。フェイスは疲れきって気分が悪く、体に力が入らなかった。彼に望むのは、ただ抱き締めてくれることだけ……。

いいえ、そんな欲求は断じて抑えなければ。さもないと、ばかげたふるまいをしかねない。

ヴァレンティーノは何も言わず、彼女がうたた寝していたソファまで連れ戻し、座るよう促した。

飲み物を取ってくると言い張る彼に困惑しつつ、フェイスは言われたとおりに腰を下ろした。すると、ヴァレンティーノは彼女の体を横向きにさせ、ほっそりした脚をソファにのせた。それでも飽き足りず、そばにあった毛布を彼女の下半身にかけた。

「これでよし」彼は満足そうにうなずいた。「飲み物を取ってくるよ」

どうやら、私の心を取り戻そうとヴァレンティーノは必死らしい。けれど、いくら優しくしても、気楽な恋人としてしかつきあう気がないことの埋め合わせにはならないわ。なぜ、それがわからないの？

「あなたがどうしても飲み物の用意をすると言うなら、私は紅茶がいいわ。シンクの上の戸棚にジンジャーティーがあるの。そこにウイスキーもしまってあるわ」

まだ開けていないウイスキーは、いつかヴァレンティーノがここを訪ねてきた場合のことを考えて買っておいたものだった。密会の場以外でのフェイスの人生に彼が関心を持ったときに備えて。

ヴァレンティーノは居間の壁のくぼみを利用しただけのキッチンに行った。フェイスが見守るなか、彼はやかんに水を満たし、火にかけた。家庭的な光景のおかげで、彼女の気持ちは落ち着いていった。いつも心ひそかに願っていた情景に、フェイスの目頭が熱くなった。

彼は戸棚から紅茶の箱とウイスキーを取りだした。

「僕はジンジャーティーを飲んだことがない」

フェイスは前に妊娠したとき、飲んだことがあった。幸い、それが効く体質だったのだ。「私もときどき飲む程度よ」

ヴァレンティーノはなぞめいた視線を彼女に向けたが、何も言わずにウイスキーをグラスにつぎ、湯がわくのを待った。

彼がここにいる理由も、何を話したいのかも、フェイスはきかなかった。答えははっきりしている。私を彼のベッドに連れ戻したいのだ。しかし、彼女はなんとしてもその話を避けるつもりだった。

「ジオは元気？」

「三日前に会ったばかりだろう」

フェイスは肩をすくめた。「もっと教える日があればいいのに」考える間もなく言葉が口をついて出る。

「わかるよ」

「そうかしら？」

「君は僕の息子を深く愛している」

「愛さずにはいられないもの」

「ああ。ジオも君にもっと会いたがっているよ」

「そうね」

「その問題はじきに解決できるだろう」

　どうやって？　私をベッドに連れ戻す代償として、定期的に彼の家を訪問するのを許すとでも？

　想像力を刺激されていたせいで、ふと別の考えが浮かぶ。それはいっそう不快なものだった。

　ヴァレンティーノはついに再婚を決意したのかもしれない。ジョスエの義母にふさわしい、シチリア人の模範的な女性を見つけることにしたのかも。お気に入りの女性教師が新しい母親になるという子供の空想を、完全に消し去るだけの理想的な女性を。

　泣きたい気持ちをぐっとこらえると、今度は憤りが一気にこみあげてきた。「私があなたなら、あわてて事を運んだりしないけれど」


「だが、すぐに手を打つべきこともある」

「結婚というのはそんなものじゃないわ」

ヴァレンティーノの顔を驚愕《きょうがく》の表情がさっとよぎった。「僕が結婚するつもりだと思うのか？」

「そうすれば、ジオが私にもっと会いたがるのを解決できるわ」

「実はそうなんだ」

　自分がどう感じるかも、自分が彼の人生に望まれていないことも自覚していたが、その言葉を聞いたとたん、フェイスは打ちのめされた。心の奥のどこかで、彼もそこまではするまいと信じていたのだ。

　フェイスの胃がいまやおなじみの警告を発した。彼女は毛布をはねのけて立ちあがり、バスルームに駆けこんだ。何も食べていないために戻すものもないのに、とにかく苦しくて怖かった。けいれんしているのは胃で、子宮ではないとわかってはいても。

　ヴァレンティーノがあとを追ってきたのは知って

いたが、確かめる余裕はなかった。不意に水の流れる音が聞こえ、ややあって、冷たい布がうなじに当てられた。別の布が額を優しくぬぐう。彼はなだめるようにフェイスの背中をさすり、イタリア語でいたわりの言葉をかけた。

　吐き気がおさまり、気づいたときにはフェイスは彼に寄りかかっていた。ヴァレンティーノは何も言わなかったが、そっと触れているだけでフェイスは安心できた。どれくらいそうしていたかわからない。彼は守護天使さながらに、床にうずくまるフェイスを抱いていた。

　やがてフェイスが立ちあがろうとすると、ヴァレンティーノが助け起こし、湿った布で顔をそっとぬぐった。「気分はよくなったかい？」

彼女はうなずいた。「吐き気っていやなものね」

「いやに決まっているさ」ヴァレンティーノは水の入ったコップを彼女に手渡した。

　フェイスは口をゆすいでから水を少し飲んだ。洗面台にコップを置き、部屋に戻ろうと振り返ったところで足がもつれ、彼女はいきなり力強い腕に抱きあげられた。フェイスは抵抗する気になれなかった。これこそ求めていたものだ。悪化する一方の現実の中での、つかの間の夢にすぎないとわかっていても。ヴァレンティーノはフェイスを狭い寝室まで運んでいった。ダブルベッドがようやく入る広さだ。これも、二人の関係が進展した場合に備えて買ったものだ。ベッドわきにはテーブルもある。

　彼はフェイスをベッドに座らせ、枕《まくら》を整えると、そこに背中をあずけさせた。あまりに優しくされ、彼女の目にまたも涙がこみあげた。

　妊娠によるホルモンのアンバランスが原因だとわかっているため、高ぶった感情をあえて無視して、フェイスは彼をからかった。「寝室の場所がよくわかったわね？」

「本能かな？」

フェイスは笑ったものの、その笑い声はおもしろがっているようには聞こえず、むしろうつろに響いた。それでも、泣くよりはいい。「あなたにはベッドへの自動誘導装置がついているの？」

「君のベッド限定のね」ヴァレンティーノはフェイスの髪を額からかきあげ、優しくほほ笑んだ。

それでも、フェイスは慎重に応じた。「私が持っているベッドはこれだけよ」

「ほぼ一年間、マルサーラのアパートメントにある僕のベッドを君も使ってきた。それに、僕の家族がいる家のベッドも」

「そういうベッドがいまでは私と何か関係があるというの？」彼女は皮肉な口調を抑えられなかった。

「ああ」

フェイスは息をのんだ。「ばかげているわ」

ヴァレンティーノは肩をすくめた。「意見の不一致があっても、互いの歩み寄りは可能だろう」

あれほど冷ややかに言い合ったあとで？　フェイスはとうてい賛同しかねた。「そうかしら？」

「それこそ、唯一まともな行動だ。君が動揺するのはよくない。それは確かだからな」

「私は別に……」そんなことはないと言いたいが、言えなかった。無理に嘘をつこうとすると、また吐き気を催しそうだ。

「休みたまえ」ヴァレンティーノが彼女の腕を軽くたたく。「ここに紅茶を持ってこよう」

「ありがとう。でも、あなたのベッドはどんな意味でも私と無関係よ。あなたは自分からその点をはっきりさせたでしょう」

ヴァレンティーノは表情一つ変えず、いらだっている様子はみじんも感じられない。

いったい、どうなっているの？

# 9

ヴァレンティーノはスコッチウイスキーのボトルをたたきつけるように置いた。お気に入りの銘柄だった。今夜までそのボトルが開けられていなかった意味に、彼はようやく気づいた。

フェイスは僕を必要としていた。状態は予想以上に悪く、ひどいつわりに苦しんでいる。マウラは幸運にもつわりが軽かったが、フェイスは違うらしい。

そのせいでヴァレンティーノは罪悪感を覚えた。なんといっても、彼女が身ごもっているのは彼の子供なのだ。彼のかわいいアメリカ人《カリーナ・アメリカーナ》が苦しむ様子を見るのは、苦痛以外の何ものでもなかった。

むろん、放置するつもりはない。するべきことはただ一つだ。

フェイスはヴァレンティーノの声を聞いた。誰と話しているのかはわからない。電話の呼びだし音を聞いた覚えもなかった。

ひとりごとだろうか？　彼はときどきコンピュータに向かって何かつぶやくことがあった。けれど、ここにコンピュータはないし、紅茶の用意もそっちのけで仕事の電話をしているとも思えない。ヴァレンティーノは私を愛していないかもしれないが、冷たい人ではない。

去年フェイスが風邪をひいたとき、ヴァレンティーノは手厚く看護してくれた。病気のせいで、冷徹なビジネスマンの顔とは別の、彼の優しい一面が明らかになったのだ。

それにしても、紅茶はどうなったのかしら？

自分で紅茶をいれに行こうとしたとき、ヴァレンティーノが戻ってきた。圧倒的な存在感が部屋を満たす。別れた女性に彼が会いに来た目的は何？

ヴァレンティーノはベッドわきのテーブルにトレイを置いた。湯気の立つマグカップのほかに、クラッカーと口当たりのいいチーズものっている。彼は身を乗りだし、フェイスがもっと楽な姿勢をとれるよう枕《まくら》を直した。

「私は病人じゃないわ」いらだった声を出した自分にフェイスは我ながら驚いた。恥ずかしくなり、紅茶に手を伸ばした彼の手首をつかむ。「ごめんなさい。紅茶を持ってきてくれてありがとう」

「気にするな。不機嫌なのは承知のうえだ」

ヴァレンティーノは機嫌の悪い恋人に合わせて用意したかのような我慢強さを見せた。

でも、私は彼の恋人ではない。そうよね？　いまは彼と別れたという気はしないけれど。

それに病気のときも、フェイスは機嫌が悪く、彼はやはり我慢強かった。マウラの妊娠中、ヴァレンティーノは理想的な夫だっただろうとフェイスは確信した。彼がこんなに優しいのは、私を病人だと思っているからだ。フェイスは彼の厚意を受け入れることにした。「理解してくれてありがとう」

ヴァレンティーノは彼女の横に注意深く腰を下ろし、マグカップを渡した。「飲みたまえ」

「いばっているのね」

彼は肩をすくめた。

フェイスは紅茶をひと口飲んだ。「甘いわ」

「医者の話では、砂糖は吐き気にいいらしい。クラッカーと薄味のチーズも」

「どこのお医者様？」

「今しがた僕が電話をかけた相手だ」

「大げさよ」それでも気分は上々で、フェイスはもうひと口飲んだ。確かに、たっぷり砂糖の入った飲み物は具合の悪い胃に効き目がありそうだ。

「そんなことはない。疑問があったら専門家にきくのがいちばんだ」

フェイスはかぶりを振った。「あなたって、とてもおもしろくなるときがあるのね」

「いまは笑う気分じゃないが」

そうらしい。彼はひどく心配しているし、なぜか後ろめたそうだ。「具合が悪いのはあなたのせいじゃないわ」

「いや、僕のせいだ」

「いいえ。私は……ここ数日こんなふうなの」まったくの真実とは言えないまでも、嘘《うそ》ではない。

「数日だけのことか。前は気分がよかったのか？」

「もちろんよ」

その言葉を信じるべきかどうか見きわめるように、ヴァレンティーノはフェイスをまじまじと見た。彼女はそれを無視して、チーズとクラッカーをかじった。まあ、おいしいわ。からっぽの胃がもっと欲しいとねだっているのか、おなかが鳴りだす。

「食事をとらなかったのか？」

「おなかがすいてなかったから」

「体に気をつけなければ。食事を抜いてはだめだ」

そのとおりだった。たとえ彼が事情を知らなくても。「今後はもっと気をつけるわ」

「君ならそうするとわかっているよ」

「そうね。私たちはずいぶん一緒にいたもの。つまり、別れるまでは、という意味だけれど」

「僕は君と別れたとは思っていない」

「まだそんなことを」

「僕といてくれとは強制できないが、状況を考えれば、いくらか寛大になってもいいんじゃないか？」

フェイスは驚いた。懸命に取り組めばなんでもできるというのがヴァレンティーノの信条だが、今回の問題に際して彼の熱意をここまで強く感じたのは初めてだった。とはいえ、どう寛大になれというのかわからない。彼が妊娠を知っているなら話は別だが、知るはずはない。外見上の変化はまだないし、医師にしか話していないのだから、ヴァレンティーノが知っているとは考えられなかった。けれど、彼のふるまいはあまりにも奇妙すぎる。

「ねえ、ティーノ、今夜のあなたは本当に変よ」

「そう思うかい？」

「仕事で閉じこもりすぎなんじゃないかしら」

「近ごろは外出する理由がほとんどないんだ」

「新しい妻をまだ探し始めていないの？」

　フェイスはつい口を滑らせてしまい、たちまち二人のあいだにひえびえとした空気が漂った。

「その必要はない」

「もう見つけたから？」誰なの？　フェイスはアガタが口にした女性たちを思い浮かべようとしたが、その中に彼の新しい妻となりそうな候補はひとりもいなかった。

「近いうちに結婚する予定だ。もう親密な関係だ」

「あなたって最低！」フェイスの手が勝手に動いて彼の頬を打った。自分の行動に愕然《がくぜん》としながらも、彼女は叫んでいた。「ほかの人とはつきあわない、とお互いに約束したはずよ！」

　ヴァレンティーノは彼女の手を取り、けがはないかと確かめた。「痛くなかったかい？　そんなに興奮してはだめだ。また気分が悪くなる」

「誰のせい？」激しく非難するつもりが、出てきた声は弱々しい声で、フェイスは当惑した。

　どうしてヴァレンティーノは腹を立てないの？　喉に苦い塊がこみあげ、フェイスはいまにも爆発しそうな感情をやっとの思いで抑えこんだ。日ごろは暴力を嫌う私が手を上げたのだから、本来なら彼は激怒しているはずだ。なのに、寛大と言ってもいい、奇妙な表情で私を見つめている。

　フェイスははっとして尋ねた。「私の主治医を知っているの？」

「いや、知らないな」

「まさか読心術を使っているはずないし」

「当たり前だ」

じゃあ、ヴァレンティーノが赤ん坊の件を知っている可能性は皆無ね。フェイスはほっとした。「あなたは約束を破ったと認めるのね」彼女の声には苦痛の響きがあった。いまの状態では抑えようがない。

ヴァレンティーノの顔に侮辱されたという怒りが一瞬浮かんだが、すぐさま気遣わしげな表情に取って代わられた。「約束を破った覚えはない。僕は嘘つきではないし、君を裏切ったこともない」

「あなたは自分の母親に嘘をついたわ。私たちの友情について」フェイスは手を引っこめた。

「本当の友人と呼ぶには、君のことをあまりにも知らないと気づいたんだ。だが、これからは直す。すでにいくらか改善されている」

「別の女性と結婚すると言ったその口で、私にあなたの友人になれというの？」まったくどうかしている。ヴァレンティーノはそこまで残酷な人ではないはずだ。

「わけのわからないことを言っているな。予想はしていたが。君がそんな非難を投げつける前の僕がどんな男だったか、思い出してくれ」

フェイスは無言で彼を見つめた。すっかり途方に暮れ、何を言ったらいいかわからない。

「僕は別の女性と結婚するなどとは言ってない」

「いいえ、言ったわ」

「言っていない」

「気分が悪くても、頭はしっかりしているわ。あなたの言葉を聞き違えたりしない」

「近いうちに結婚する予定だ、と言ったんだ」

「そのとおりよ」

「ほかの誰かと結婚するとは言ってない」

まさか。フェイスはかぶりを振った。「そんなばかな。嘘でしょう……まさか私と……」

ヴァレンティーノはいたずらっぽい笑みを浮かべた。「本当さ。嘘ではない。相手は君だ」

「私に結婚を申しこむつもりなの？」ここまでロマンティックな雰囲気とはかけ離れたプロポーズもないだろう。こんなに動揺させられて気分が悪くなるなんて。女心に訴える要素はかけらもない。

彼がわずかにたじろいだのを、フェイスは見逃さなかった。

「さらに言えば、君の条件に合わせるつもりだ」

条件……。フェイスは心が沈み、枕にもたれかかった。「結婚してもかまわないほど、私をベッドの中に引き入れたいのね？」

ヴァレンティーノは答えなかった。

「いいえ、違う。そんなことありえないわ」

「僕の動機が問題なのか？」

「ええ」

「君には僕が必要だし、僕には君が必要だ。僕たちは結婚するべきだ」ヴァレンティーノは肩をすくめた。「僕の家族は前から君を気に入っているし」

フェイスは家族の話題を無視した。彼らが愛情を持ってくれていることは知っている。「あなたが必要なのは私の体よ。私そのものではなく」

「それは君の考えすぎだ」

「だったら理由を言って。本当のことを」

ヴァレンティーノはため息をついて視線をそらした。「君は、僕の母がどうしているかと尋ねなかったな」

「今夜、電話で話したわ。お元気だったわよ」

「母が動揺していたことは気づかなかったかい？」

「動揺ですって？」まったく気づかなかった。私は自分の問題にとらわれ、悩んでいる友人の助けになれなかったの？

「それもかなり。母は君を裏切ったと感じている」

なんですって？　フェイスは驚いた。今夜はどこまで妙なことが続くのかしら？「どうして？」

「今日、母は昼食時にここへ立ち寄った」

「知っているわ。私は留守だったの」

「母は君の部屋の鍵《かぎ》を持っている」

「ええ」緊急の場合に備えて渡したものだ。そのおかげでフェイスは、自分を気にかけてくれる人がいるという気持ちになれた。

「母はその鍵を使った」

「それで？」

「君の芸術を愛する母は好奇心に勝てなかった」

状況を理解し、フェイスは絶望に駆られた。ヴァレンティーノは妊娠を知っているのだ。これで今夜の彼の言動すべてが、つじつまの合うものとなった。何もかもが彼女のおなかに宿った命のためだったのだ。彼の目に浮かんだ優しさのかけらまでも。

「あなたは知っているのね」フェイスは消え入るような声で言った。涙がこぼれ落ちそうになり、それが精いっぱいだった。

「ああ」ヴァレンティーノは彼女のおなかに手をあてがい、自分のとった行動の正しさを確信した。

「お母様にはわかったのね。作品を見れば、アガタにはわかると思ったわ」

「見たのは一つだけらしいが、母にはそれで充分だった」

「アガタがあなたに話したの？」

「動揺すると、母は人に話さずにはいられない」

「すぐにあなたは自分が父親だと悟ったのね」

「君の誠実さを疑う余地はないからな」

「それで、今度は私と結婚するというわけ？」

「ほかに選択肢はない」ヴァレンティーノは彼女の手を自分の両手で包んだ。

フェイスは首を横に振った。

「道理をわきまえたまえ。結婚するしかない」

「いいえ。きっと……ほかにも方法があるはずよ」

突然、ヴァレンティーノの目に激しい嫌悪の色が浮かんだ。瞳が漆黒に近くなる。「まさか堕胎する気じゃあるまいな？」

「本気で言っているの？　私をよく知っていたら、そんなまねは絶対しないとわかるでしょうに」

「君を知っているという認識を正すつもりだと言ったはずだ」

フェイスは自分を元気づけようと紅茶を口にした。

「あなたとは結婚しないわ」

「僕の子供を父親のいない子にする気か？」

「ちょっと待って。あなたの考え方って、何事も、すべてかゼロかなのね。初めは私が中絶するかもしれないと考え、今度は父親としてのあなたの権利を拒絶すると思っているんだから」

「そのつもりなのか？」

私に対する信頼なんて、しょせんはその程度なのね。フェイスは失望した。「いいえ」

「じゃあ、僕と結婚したまえ」

「ほかにも選択肢はあるわ」

「結婚をしのぐようなものはない」

「そうね。赤ん坊のためにする結婚なら、その子が家族に愛されて育つ家庭がいちばんでしょうから」

「僕たちは相性がいい。この選択に不都合な点など何もない」

「結婚に存在するはずの大切なものを、あなたは忘れているようね」

「なんだ？」

この人は本当にわかっていないの？　フェイスは驚きつつ答えた。「愛よ、ティーノ。私は愛について言っているの」

「僕たちはお互いを気にかけている」

そうでしょうとも。私の家にあなたが来るのは、これがたった二回目なんだから。「それだけでは不充分だわ」

「充分だ。もっと愛に欠けた結婚をする者も多い」

「私はティリッシュを愛していたし、彼も私を愛してくれたわ」

ヴァレンティーノは顔をこわばらせた。「僕はマウラを愛していた。だが、彼女は君のティリッシュ同様、この世を去った。一方、僕たちはこうしてここにいる。大切なのはその事実だ」

「違うわ。以前のあなたは結婚についてまったく乗り気ではなかったもの」

「君が僕の子を身ごもったと知らなかったからだ」

そういった言葉がどれほど私の心を傷つけるか、ヴァレンティーノはわからないのだろうか？ 私が求めるまで、愛は話題にものぼらなかった。自分の態度に相手が傷ついているなどとは、考えもしないに違いない。

フェイスは肩をすくめ、両腕で自らを抱き締めた。心に冷気が忍びこんでくる。「わかっていたわ」

「何がだ？」

「妊娠を告げたら、あなたが結婚しようと言い張るに違いないということがよ。自分の考え方がどれほど封建的か、考えたことはある？」

「僕はグリサフィ家の人間だ」それですべて説明できると言わんばかりの口調だった。

「私はグリサフィ家の人間ではないし、その一員になりたいかどうかもわからないわ」

彼の顎がこわばった。しかし、口調や声音に乱れはなかった。「いまの君の言葉を聞いたら、母は傷つくだろうな」

「私はあなたのお母様と結婚するわけじゃないわ」

「そう願うよ」ヴァレンティーノは低く笑った。

こんな話をしているというのに、彼の笑い声はとても魅力的だ。ヴァレンティーノとの結婚は、まったく間違った理由によってかなう夢にすぎない。

「ほかにも選択肢があると言ったな」彼は我がもの顔でフェイスの腿に腕をのせた。「聞かせてくれ」

「あなたが気に入るだろうとは言わなかったわ」

「僕たちの結婚が含まれていないなら、どんな方法も気に入らないだろう」

「結婚は含まれてないわ」フェイスは断言した。

ヴァレンティーノは黙って次の言葉を待っていた。

「いいわ、聞かせてあげる。ただ、私が口論できる状態ではないことを思い出してほしいわ」

彼の暗い瞳に愉快そうな光がきらめいた。「これまでは、口論するのになんの支障もなさそうだが」

「本気で言っているのよ、ティーノ。今夜はもう限界まで動揺させられたわ」

ヴァレンティーノはたちまち真顔になった。「また君を苦しめるつもりはない」

フェイスはうなずいた。自分が有利なことは承知している。でも、本当はどうなの？　口論はしたくない。心に余裕がない、いまは。

「私はアメリカに帰り、ひとりで子供を育てるわ。あなたは会いに来ればいいのよ」彼が感情を爆発させるのを待ったが、何も起こらない。ヴァレンティーノはひたすら見つめ返すばかりだ。彼女はしびれを切らして尋ねた。「何も言うことはないの？」

そのとき、フェイスはヴァレンティーノが歯を食いしばっていることに気づいた。

「そんなまねはしたくないけれど」

「よかった」ヴァレンティーノはようやくひとことだけ口にした。見るからにほっとした様子で。

「そういう選択肢もあると指摘したまでよ」

そして、彼に与えられた苦痛に報復したんでしょう？　内なる声に指摘され、フェイスは恥じた。

「わかっている」

「私はシチリアにいたいわ」フェイスは早口で続け

た。傷つけるつもりはなかったと彼に知ってほしかったのだ。「この土地が大好きだし、私たちの子供には家族の愛情を知ってほしい。グリサフィ家の人たちはこの子の親類だし、みんないい人たちばかりだもの」彼女はおずおずとほほ笑んだ。

けれども、ヴァレンティーノは笑みを返さなかった。「だったら、僕と結婚すればいい」

フェイスはたまらなく彼と結婚したかった。でも、赤ん坊のためという理由のみで結婚するのはいやだった。「私はここに住み続けるつもりよ」

ヴァレンティーノは驚きもあらわに尋ねた。「このアパートメントにか？」

「親子二人には狭いわね」フェイスは唇を噛《か》んだ。「もっと広い家を探して引っ越さなければ」

「グリサフィの屋敷に移ってくればいい」

「それも考えたわ」本当だった。ほかの選択肢をすべて考えたあとで。グリサフィ家の人たちと暮らすのが、赤ん坊にふさわしい人生を与える唯一の方法だった。経済事情とは関係ない。愛し、愛されるはずの人たちと日常的に触れ合えるからだ。子供の父親も含めて。

しかし、フェイスには自分にヴァレンティーノを近づけさせる気はなかった。その点は妥協の余地がない。それでも、赤ん坊に家族を持たせてやりたかった。早くに両親を失った苦しみは、決して消えることはなかった。我が子を祖父母や兄、父親のそばに置いてやりたい。愛情に満ち、人生を豊かにしてくれる人たちのいる家で暮らす――それが我が子にとって最善なのは疑いようがない。

「じゃあ、僕と結婚するんだな？」

「そういう意味ではないの。あなたの妻にならなくても、ご家族の家で暮らせるわ。かなり広いから」

「生まれてくる子供の人生に占める僕の正当な地位を、どうして否定するんだ？」

「否定などしないわ。あなたの名前は出生証明書に書かれ、赤ん坊はグリサフィを名乗るのよ」

「だが、君はグリサフィを名乗るつもりはない。そうなのか？」

ええ、そのとおりよ。けれど、フェイスはそれを口にすることができず、ただうなずいた。

「なぜなんだ、フェイス？　僕が妊娠を知る前は、君も結婚を望んでいたはずだ」

「まさにそれが理由なのよ」

「理解できない」ヴァレンティーノは首を振った。

「そうでしょうね」

「君は自分がのけ者にされたと感じているんだろう。僕が結婚するのは赤ん坊のためで、君を求めているからではない、と」

「そうよ」

「子供じみた考えだ」

僕は君のことも気にかけている、というフェイスが期待した言葉ではなかった。彼女の未熟さを責めるだけの言葉。ヴァレンティーノに屈するまいというフェイスの決意はいよいよ固くなった。「好きなように思えばいいわ。でも、私は結婚のためにあわてて役所に駆けこんだりしないから」

ヴァレンティーノはあざけりを含んだ笑い声で応じた。フェイスは彼をにらみつけた。

「母がそんな方法を許すかどうかは別にして、君と赤ん坊が屋敷に移ってくると？」

「そういうケースも考えられると言っただけよ。選択肢の一つとして」

「これまで君が提案した中では最高の選択肢だ」

「実際に提案したのはあなたよ」彼女は指摘した。

「だが、君も同じことを考えた。なのに、どうして決断しないんだ？」

「あなたと一つ屋根の下に住むことにためらいがあるからよ」フェイスは正直に答えた。

ヴァレンティーノは腹を打たれたかのように後ろへよろめいた。「そんなに僕が嫌いなのか?」

「あなたを嫌ってなんかいないわ。ただ、屋敷に移るのが私たちにとって最善かどうかわからないの」

「赤ん坊にとっては最善だ。それ以外に考慮するべきものなどない」

「あなたって頑固な人ね」

「ああ、とてもね」彼はぶっきらぼうに応じた。

フェイスがため息をつくと、ヴァレンティーノはそれを同意のしるしと受け取ったらしかった。

「いつ来るんだ?」

「早まらないで。同居が最善の選択だと決心がつき、あなたのご両親が賛成してくれたら、赤ん坊が生まれたあとで引っ越すわ」

「いまの君には世話をしてくれる者が必要だ。今夜のことでわかったはずだ」

「さっき動揺したのは、おなかの子の父親が別の女性と結婚すると思ったからよ。家柄にふさわしいシチリア人の女性とね」

「ストレスで胃の調子がおかしくなったと?」

「ええ、たぶん」

「今後は、君がストレスを感じないようにしなければならないな」

「それはありがたいわね」フェイスは極度の疲労感を覚えた。最近、ときどきそうなる。「疲れたわ。この件については、後日改めて話し合いましょう」

「いいだろう」

うなずくヴァレンティーノの頬を、フェイスはそっと撫《な》でた。彼にもう一つ言いたい。「あなたをぶったことは謝るわ」

「気にしていないよ」彼はそっけなく言った。

「ありがとう」眠気がどっと押し寄せ、フェイスは不明瞭《ふめいりょう》な声で応じた。

# 10

フェイスはたちまち眠りに落ちた。

三十秒後、彼女の呼吸は早くも安定したものになった。彼女は寝つきがよく、ヴァレンティーノはしばしば驚かされたものだった。

前にフェイスの寝顔を見たのは愛し合ったあとだったが、今夜は違う。それでもフェイスは完全に眠りこんでいる。彼女があまりにも弱々しく見えるので、ヴァレンティーノは心配になった。きちんと栄養をとっているのだろうか？　医者に診てもらっているのか？　答えが欲しい疑問はいくつもあるが、いまはどうしようもない。

朝まで待たねばなるまい。彼女は熟睡するだろうし、僕にもするべきことがある。彼はフェイスを楽にさせたくて、なるべく動かさないよう努めながら服を脱がせた。途中で手を止め、美しい体に現れ始めた変化を眺めずにいられなかった。

崇敬に近い念を覚えつつ、彼は一つずつ確かめた。大きさを増した胸と黒みを帯びた頂。疲労が色濃く漂う一方で、フェイスは輝いてもいた。肌は健康そうで、腹部の曲線にはなんの変化もなく、妊娠の兆候はまったく見当たらない。

さわってみたいという欲求はあまりに強く、ヴァレンティーノは彼女の下腹部にそっと手を押し当てた。畏敬《いけい》の念がこみあげる。見た目の変化はなくとも、自分の子供がそこにいることを彼は実感した。

フェイスが小さな声をあげ、寝返りを打った。横向きになって枕《まくら》を抱き、丸くなる。

ヴァレンティーノはいつしか微笑を浮かべていた。しかし、物思いにふけるうち、しかめっ面に変わった。フェイスは僕が帰ると思っているだろうが、そのつもりはない。話し合いは後日にしようという提案には同意した。しかし、彼女をひとり残して帰るとはひとことも言っていない。

今夜は帰らないと両親に伝えるため、ヴァレンティーノは携帯電話を取りだした。幸い、電話に出たのは父で、あれこれ質問されずにすんだ。十分後に母がかけ直してきたときは、それを予期して留守番電話にしておいた。いまはまだ母と話す心の準備ができていない。

彼とフェイスには、母たちに説明するべきことがいくつかある。ヴァレンティーノは計画どおり、すべてを自分のやり方で進めようと心を決めていた。

フェイスはこの数週間なかった安心感にひたりながら目を覚ました。ひと晩じゅう力強い腕に抱かれていた感覚があったものの、前の晩の夢の名残だと思いこんでいた。そんな朝は数かぎりなくある。

胃の調子は少しおかしいけれど、昨夜ほどではない。もっとも、妊娠を知ったヴァレンティーノが訪ねてきたのはよく覚えているが、彼の求める選択について検討する準備はできていなかった。つわりのひどい朝はとくに無理だ。何も考えずにゆっくり動いて、吐き気をできるかぎり抑えるのがやっとだ。

フェイスは目を開けた。まず目についたのは、ベッドわきのテーブルに置かれたマグカップだった。つがれた紅茶から湯気が立ちのぼっている。そばにあるチーズとクラッカーも新鮮そうだ。傍らに添えられたぶどうも。これらが意味するところを理解しようと努めながら、慎重に上体を起こす。どれほど好奇心をそそられようとも、むかつく胃を刺激する動きは禁物だった。

そのとき、肌に触れるシーツの感触で、自分が生まれたままの姿だと気づいた。下着さえ一枚も身につけていない。フェイスははっとして叫んだ。「ティーノ！」

ヴァレンティーノの気配は感じたものの、実際に彼が飛びこんでくるとフェイスは衝撃を覚えた。ボクサーパンツだけの彼はあまりに魅力的だった。

「大丈夫？　紅茶は飲んだかい？　飲めば胃も落ち着く。バスルームに行くなら手を貸そうか？」

「あなた、ここで何をしているの？」

「見てのとおり、君の世話をしている」彼はテーブルの紅茶と食べ物を手で示した。

「なぜここにいるのかときいたのよ」

「ここに泊まったんだ」

「私のベッドに？」

「君のソファじゃ狭すぎる。それに、君が夜中、僕を必要とするかもしれなかったからね」

ヴァレンティーノは本当に私のベッドで寝たのだ。いやな気分になるべきなのに、そうは感じない。いまいましいけれど、大切にされている気がする。結局のところ、彼は欲望のためではなく、私のためだけにいてくれた。

ひと晩じゅう抱かれていた感触は空想でも、むなしい夢でもなかったのだ。それを自分がどんなに望んでいたかを思い知らされ、フェイスは不機嫌になった。「あなたは帰ると言ったはずよ」

「いや、話し合いは後日にすると約束しただけだ」

確かにそのとおりだわ、とフェイスは思い出した。

「あなたって卑怯《ひきょう》ね、ティーノ」

「機知に富んでいると言ってほしいな」

彼の微笑にフェイスの心はとろけそうだった。

「紅茶を飲んで、チーズとクラッカーを食べたまえ。医者の話では、何か食べてからベッドを出るのがいいそうだ」

「そういえば、ティリッシュは朝、塩味のクラッカーと清涼飲料水を用意してくれたわ」フェイスはため息をつき、小さな部屋を見まわした。「すっかり忘れていたけれど」

「じゃあ、クラッカーとチーズで問題ないね？」ヴァレンティーノは抑揚のない声で尋ねた。「医者がすすめてくれたんだ」

「ええ、大丈夫よ」

ヴァレンティーノはうなずき、部屋を出ていった。

彼のあまりの優しさにフェイスは心の中で肩をすくめ、紅茶を飲んだ。クラッカーとチーズを食べ、ぶどうを味わったとき、彼が戻ってきた。食事の効果はあった。フェイスの気分はだいぶ回復し、バスルームに駆けこむ心配もなくなった。

ヴァレンティーノはまだボクサーパンツしか身につけていない。我ながら実にばかげていると思うものの、フェイスはその緑色のシルク地に触れてみたかった。胸の頂がうずき、自分が一糸まとわぬ姿であることを思い出す。「きのう、あなたが私の服を脱がせたのね。眠っているあいだに」

「君が目覚めているうちにそうしたら、まったく違う結果になっただろうな」

彼にじっと見つめられ、フェイスは体の芯《しん》が熱くなるのを感じた。「そうは思わないわ」冷ややかに言い、ヴァレンティーノのほのめかしなど論外だと、自分にも彼にも納得させようとする。

ヴァレンティーノは彼女の隣に腰を下ろし、温かく大きな手でうなじを包んだ。「本気かい？」

「無理なのよ、ティーノ。セックスはだめなの」

「なぜだ？」彼の表情はたちまち不安げになり、身をこわばらせた。「君の体に何か問題でも？」

「違うわ」フェイスは彼の不安を打ち消した。彼には被害妄想に聞こえるかもしれない。「お医者様は、私も赤ん坊も健康だと請け合ってくれたわ」それに医師は、妊娠初期の流産の大半はもともと避けようのないものだとも言った。だからといって、何も気にする必要はないと言われても、彼女にはできない相談だった。

「だったら、なぜだめなんだ？」

「妊娠初期の流産の確率を知っている？」

「いや」

「十二・五パーセントよ。実際の数字はもっと高いわ。妊娠に気づく前に流産する女性もいるから。とにかく、妊娠初期の八人にひとりが流産してしまうの。たとえ、その確率が百万分の一でも、私は危険を冒したくないわ」

「確かに、愛の営みで危険が増すなら、避けるべきだ。マウラの医師がなんの忠告もしなかったのは驚きだ」その事実に怒りを感じたような口ぶりだった。

フェイスは嘘《うそ》をつけなかった。「普通のセックスで危険が高まるという証拠はないの」

「だが、君は恐れている。そうだろう？」

「ええ」

「だったら、控えよう」不満はあるけれどやむをえないといった口調で、ヴァレンティーノは言った。そこに非難するような響きはなかった。「おかげで結婚初夜が胸躍るものになりそうだ」

「私たちは結婚しないわ」少なくともいまは。

「いずれわかるさ」ヴァレンティーノは立ちあがった。「さて、一日の用意を始めよう。シャワーを浴びるのに僕の助けが必要かい？」

「妊娠は病気じゃないわ。ひとりで平気よ」

「そのほうがよさそうだ。濡《ぬ》れている君の体を長々と見ていたら、僕の自制心が粉々に砕けかねない」

「あなたっていつも、私が魔性の女みたいな言い方をするのね」

「僕が衝動を抑えようとしても、君の前では無力だからだ」

フェイスは笑い声をあげた。うれしいと感じてはいけないのに、うれしかった。私たちはもう別れたのに。けれど、ゆうべのような経験をすると、それを自分に思い出させるのは難しい。ヴァレンティーノといるのが自然だと感じてしまうから。

フェイスがシャワーを浴び、身支度を整えるあいだに、ヴァレンティーノは服を着て、仕事の電話を二本かけた。狭い寝室に入らず、魅惑的な体から離れているための口実ならなんでもよかった。

なぜかフェイスは流産を極端に恐れている。彼はその恐怖をあおるまねはしたくなかった。セクシーな体に手を出さないよう自制するのがいかに大変でも。流産について、自分が無知だったことは認めざるをえない。フェイスが寝室から出てくるのを待つあいだ、彼は携帯端末でインターネット上の情報を集め、興味深い事実をいくつか発見した。

寝室から出てきたフェイスは、ゆったりして着心地がよさそうな、瞳と同じ青緑色のサンドレスを着ていた。ホルターネックで、うなじのところに結び目があり、深くくれた襟もとが胸のふくらみを際立たせている。高めのウエストラインのおかげで腹部が締めつけられていないことにも、ヴァレンティーノは気づいた。おなかが大きくなったら、さらにすばらしい眺めになるだろう。その日が待ち遠しい。

「妊娠初期を過ぎれば流産の確率は一パーセント以下になり、通常の性行為で赤ん坊を失ったという報告はまったくないことを知っていたかい？」

フェイスは立ち止まり、彼をまじまじと見て笑いだした。「ティーノ、はやりすぎよ。私がシャワーを浴びているあいだに、またお医者様に電話を？」

「インターネットで調べたんだ」

「あなたのことだから、中途半端な知識ではすまさないと思っていたけど。ええ、私は知っていたわよ。同じような話をさっきしたでしょう？」

「君の妊娠にもその事実が当てはまるとは気づいて

いないのかもしれないと思ったんだ」

「気づいていたわ」

「よかった」彼の口もとに安堵《あんど》の笑みが宿った。

フェイスはただかぶりを振り、二人掛けのソファに座った。ヴァレンティーノが隣に腰を下ろし、彼女の両脚を自分の膝にのせてマッサージを始める。

「さて、赤ん坊を失いはしないかと君がそれほど恐れているわけを話してくれ」

フェイスは悲しげに眉を寄せた。そこには恐怖がまじっている。「私は愛する人たちを失う星のもとにあるみたいなの。ひとり残らず。なんであれ、この子を失う危険はほんのわずかでも冒せないわ」

「君は僕の母を失っていない……僕の息子も」ヴァレンティーノは自分を例に出さなかった。彼女に愛されているという確信がなかったからだ。

「あなたが自分の意思を守り通すつもりなら、いずれは二人とも私の人生からいなくなるでしょう」

「そんなことはない」

「私がジオの先生だとわかったとき、あなたは腹を立てたわ。お母様が私の友人だと知ったときも」

「僕は驚いたんだ。だからあんな態度をとってしまった。母と息子を君の人生から奪う気はさらさらない。たとえ君が僕の子供を身ごもっていなくても」

「あなたを信じるわ。根拠はないけれど。信じるべきではなくても、信じましょう」

「うれしいよ。君に不幸になってほしくないんだ」

「わかっているわ」フェイスは手を伸ばし、指先で彼の腕を撫《な》で下ろした。

体に震えが走るのを感じながらも、ヴァレンティーノはこみあげる欲望を抑えこんだ。「だから、君は愛する者をみな失ったわけではない」

「家族を持つ機会を、私はことごとく奪われたわ」

彼女の顔を苦悩がよぎるのを見て、ヴァレンティーノはたじろいだ。

「最初は両親。それから、家族だと信じていた里親。彼らが本当に欲しかったのは赤ん坊の養子だったの。その機会が訪れたとたん、彼らは私を追いだした」

「ひどい話だ」

フェイスは平静を装っていたが、ヴァレンティーノには彼女の苦痛が手に取るようにわかった。

「ティリッシュと赤ん坊を失ったとき……」フェイスの目に涙が浮かび、落ち着こうとしているうちにあふれだした。頬を伝う涙をぬぐってなんとか話を続ける。「私は家族を持ってはいけない——そんなふうに感じたの」

「君の思いは理解できる」彼女の悲しみを思い、ヴアレンティーノは胸が張り裂けそうだった。「だが、それは筋の通らない結論だと気づくべきだ。恐ろしい悲劇に見舞われながら、君はそれに耐え、こうして生きている。君は家族に与えられるものをたくさん持っているし、家族から多くのものを受け取る資格がある」彼は自分の腕に置かれていたフェイスの手を取り、てのひらにキスをしてから、指をからませた。「君はもう僕の家族だよ、フェイス」

フェイスはしぶしぶ手を引き抜いた。「違うわ。この子を産んだときに家族ができるの。私のものと言える家族が」再び涙があふれ、彼女はくぐもった小声で続けた。「私とともに生きる家族が」

彼女の言葉にヴァレンティーノは胸を締めつけられた。「僕と結婚してくれ。そうすれば、君には息子も両親も、近しい親族もできる」

フェイスはかぶりを振った。「私はあなたを手に入れられないのよ。そうでしょう、ティーノ?」

「いや、手に入れられる。僕は君の夫になるんだから」彼女の言う意味がヴァレンティーノには理解できなかった。

フェイスは首を横に振るばかりで、ヴァレンティーノはそれ以上耐えられなくなり、彼女を膝の上にのせて抱き締めた。

「親しい人たちを次々失った君がどうやって生き延びてきたか、想像もできない。君は強くて美しい女性だ、フェイス。僕の妻だと誇りを持って言える」

マウラとの約束にひびが入るのを感じたが、ヴァレンティーノはもうあとに引けなかった。フェイスの悲しみを目の当たりにしては。

「あなたは子供のために私と結婚したいだけよ」

「君のためでもあり、僕のためでもある。フェイス、君が欲しい。君にはさほど重要に思えないかもしれないが、君以上に僕の欲望をかきたてる女性はいないんだ」

「マウラも？」

「ああ」認めるのはヴァレンティーノにとってつらかったし、恥でもあった。しかし、フェイスには真実を伝えるべきだと思った。妻を愛したが、彼女は一つになりたいという強い欲求を僕から引きだしてはくれなかった。フェイスほどには。

「私はこれ以上、家族を失いたくないの」フェイスは苦痛に満ちた声で言った。

「君はこの赤ん坊を失わないし、僕も失わない」

「そんなこと、あなたにわかるわけないわ」

「君は怖いからといって人生をあきらめる人ではないし、実際まだあきらめていないはずだ」ヴァレンティーノは彼女を強く抱き締めた。「それに、赤ん坊のことも考えなければならない。僕たちは夫婦となり、ただ一緒に暮らしているパートナーという以上の、しっかりした安定感を彼女に与えなくては」

「彼女？」

「妻に似た、元気のよい美しい娘ほど欲しいものは、ほかに考えられない」

「そんなこと言わないで」

「僕が考えているのは赤ん坊のことだけではない」

ヴァレンティーノはなんとしてもフェイスを説得す

るつもりだった。

「ほかには？」

「母だ。君は母の孫を身ごもっている。君が僕と結婚しなければ、母は悲しむ」

「お母様はあなたのことをよく知っているわ。だから理解してくれるはずよ」

「いや。母は君に対して負い目がある。だから君が義理の娘になるのを拒めば、傷つくに違いない」

「アガタを幸せにするために、あなたと結婚するわけにはいかないわ」

「ジオはどうなんだ？」

フェイスはたじろいだ。美しい目が曇る。「あの子には私よりもすぐれた条件の母親がふさわしい。あなたはそう言ったわ」

「言っていない」

「言ったわよ。ジオの母のような、シチリア人の母親を与えたいって」

自分の前言を引き合いに出され、ヴァレンティーノはおもしろくなかった。なぜ、あんなことを口にしたんだ？　たとえあのときは信じていたとしても。彼はおのれを恥じた。「ジオは賛成しないだろう。あの子は典型的なシチリア人の母親など望んでいない。ジオが求めているのは自由奔放な芸術家だ。子供を愛し、子供に教えるときは自分の悲しみなど忘れてしまう一途《いちず》な女性だ。子供たちといれば、失ったものを思い出してしまうのに」

フェイスは彼の胸に顔をうずめた。「あなたは私のことをよく知らないと言ったでしょう」

「お互いが思っていたよりも、僕は君をよく知っているかもしれない」それはヴァレンティーノにとって悪い発見ではなかった。「君にはできるかい？」

どういう意味かとフェイスは尋ねなかった。

「僕たちの子供のために結婚できるかい？　君の親友である僕の母のために、君が愛しているジオの幸福のために。運命が君から奪っていった、世界の美しさや喜びを取り戻すために、僕と結婚してくれるかい？」

　フェイスは喉をごくりと鳴らして答えた。「二週間後にまた同じ質問をして」消え入るような声だった。言葉を口にするのが難しいかのように。

「なぜ、二週間後なんだ？」ヴァレンティーノは尋ねた。フェイスのような女性をほかに知らない。彼女にはいつも驚かされてきた。彼女の過去について知った今日ほど唖然《あぜん》としたためしはないにしろ。

「そのころには危険な時期が終わり、安定期に入るからよ」

「それがどんな意味を持つんだ？」

　フェイスは姿勢を正し、彼から顔をそむけて答えた。「あなたが私との結婚を望む唯一の理由は、私があなたの子を身ごもっていること。その赤ん坊が万一いなくなれば、結婚を後悔するはずよ。だからもう大丈夫だと思える日まで待ってほしいの」

「ずいぶん後ろ向きの考え方だな。君は赤ん坊を失ったりしない。安全だと感じるまでベッドをともにしたくないという君の気持ちは尊重したい。だが、結婚を決意するうえで、流産の可能性を考慮するのには反対だ。君は僕たちを決して失わない」

　フェイスは彼を見つめ続けた。「そんなこと、あなたに請け合えるわけないでしょう」

「赤ん坊がいようがいまいが、君と結婚すると約束する」

「でも、それでは筋が通らないわ」

「いや、僕には筋が通っている」

「義務感から言っているのね。あなたは私を哀れんでいるのよ」

　彼は声をあげて笑った。そこに愉快そうな響きはなく、苦々しさがこもっていた。「哀れむにしては、君は強すぎる」

「違うわ。私は怖くてたまらない。臆病者《おくびょうもの》だから、運命に逆らいたくないのよ」

「君は臆病者なんかじゃない」

「なぜ結婚の話になったのかしら？」フェイスは首をかしげた。「ゆうべは、私がグリサフィ家に移るかどうかを話し合っていたのに」

「僕は欲しいものを追い求める」

「あなたの欲しいものって、私との結婚？」フェイスは信じられないと言わんばかりの口調で尋ねた。

「そうとも」ヴァレンティーノは彼女の顎に指を添えて顔を上向かせた。二人の目が合う。「君は運命を恐れながら生きているが、それは正しくない」

「あなたに決められることではないわ」

言い合いを続ける代わりに、ヴァレンティーノはフェイスにキスをした。相手を安心させるような優しいキスだった。それから彼は、彼女の額に自分の額をつけて言った。「フェイス、君には〝信じる〟という意味の君の名に恥じない生き方をしてほしい。希望をいだいて生きてほしいんだ。僕とともに築く未来を、どうか信じてくれ」

「できるかどうか、私にはわからないわ」

「僕は君を信じている」

フェイスは震える息を吸った。「あなたに見せたいものがあるの」

「なんでも見るよ」

フェイスが立ちあがったので、ヴァレンティーノも続いた。何を見せたいのかといぶかりながら。フェイスは僕のものだ、と彼は思った。彼女はまだその事実を認めようとしないが。二人の子供が彼女のおなかの中にいるのだから、過去にどんな誓いを立てていようと、フェイスを永遠に僕の人生の一部にすることがいまはすべてに優先する。

ただ、ヴァレンティーノには最後の誓いまで破る気はなかった。心の中でマウラが占めている位置をフェイスに与えることは決してない。それでも、生涯にわたってフェイスに証明していく気でいた。この結婚は間違いではない、と。それを彼女に納得させる自信はあった。

　フェイスは僕を愛していないだろうが、母と息子のことは愛している。それに、彼女は学校で教えることが好きだ。あくまでも独身を貫けば、妊娠した彼女は教師の職を失うだろう。ここはシチリアで、アメリカやイギリスとは違う。

　故国の文化的規範のすべてに賛成というわけではなかったが、事を有利に運ぶためなら、ヴァレンティーノはなんでも利用するつもりだった。

　結局、彼女は僕と結婚することになるだろう。

　フェイスはカバーをかけたいくつもの像の前で立ち止まり、ヴァレンティーノの目を見つめた。「あなたはこれを見ていないわよね？」

「ああ」ヴァレンティーノはうなずいた。

「好奇心をそそられなかったの？」

「実のところ、とてもそそられた」

「でも、私のプライバシーを尊重したわけね？」

「ああ《シ》」僕は母とは違う。ただし、今回ばかりは母の度を越した好奇心に感謝していた。妊娠に関してはきわめて悲観的なフェイスのことだから、出産間際まで、彼に打ち明けなかったかもしれない。

　フェイスはカバーに指をかけたまま、不意に動きを止めた。何かの駆け引きだろうか、と彼は思った。

「服を脱がせることは、プライバシーの侵害とは思わなかったのね？」

「君の体なら隅々まで知っている。目で、指で、そして唇で探った経験が何度もある。それについては、僕たちのあいだになんの秘密もないはずだ」

「私があなたに脱がされたくなかったら？」

「そんなことを気にしたためしはないはずだ」

「でも、私たちは別れたのよ、ティーノ」

「本当に？」ヴァレンティーノは互いの息がぶつかり合うほど距離をつめた。「僕たちの関係は中断していただけなんじゃないか？　子供のことをいつ、どのように僕に話すか、君が答えを出すまで」

　フェイスはいらだたしげに顔をしかめただけで、何も答えなかった。

「僕が再婚しようとしても、君は決して許さず、子供の存在を持ちだしたに違いない」

「そんなことないわ」

「あるいは、僕が君を手放さなかったかもな。認めたまえ、フェイス。君は仲直りのチャンスをうかがっていたんだ」

「違うわ」彼女は唇を嚙《か》んだ。青緑色の目が不安げな色を帯びる。「お忘れのようだけれど、結婚をあくまでも拒んだのはあなたのほうだったのよ」

「もし時をさかのぼって訂正できるなら、僕はそうする」赤ん坊がいなくても、フェイスを僕の人生から去らせるなどできない。いまのヴァレンティーノはそれを認めていた。弱さは自慢にならないが、自分に嘘はつけない。「僕が傲慢《ごうまん》なのは認める。だが事実は事実だ。君は僕から離れられないし、僕も君から離れられない」

「私たちは気楽な愛人関係を結んでいたにすぎなかった。ベッドでのパートナーであって、決して恋人ではなかった」彼女の声には苦々しさがこもっていた。「私たちはお互いのものではなかったわ」

「僕はそうは思わない」

「あら、そう？　だからニューヨークにいた二週間、あなたは私の電話を無視したのね」

　ヴァレンティーノは彼女の皮肉を歓迎した。それでこそ僕のフェイスだ。疲労し、弱ってはいても、くじけることはない。「そうだ」

　フェイスは息をのんだ。「なんですって？」

「僕は君との関係が深いものになったことに困惑し

ていたんだ。だから、あえて距離をおこうとした」

彼は息を深く吸い、めったに言わない言葉を口にした。「君を傷つけて本当にすまなかった」

一瞬、フェイスは言葉を失った。「その効果はあったみたいね。さもなければ、私たちの友情をあなたはお母様の前で否定しなかったでしょうから」

「それが真実でないのはわかっているだろう。あんな態度をとった理由はすでに説明した。君の気分が少しでもよくなるなら白状するが、僕は後悔した」

「ビジネス界の大物が母親を怖がるとはね。とても説得力があるわ、ティーノ」

「僕をからかっても、真実は変わらない」

フェイスはため息をついて肩を落とした。急に怒りがしぼんだかのように。「わかっているわ」

「僕たちはお互いのものだ。僕が愚かで、君が頑固でも、その事実は変えられない。認めたまえ」

## 11

フェイスは嘆息し、首を左右に振った。「あきらめる気はないのね？」

「ああ」

「本当にたいした人だわ」

「〝たいした〟という言葉が君の作品のようだという意味なら、お世辞として受け取っておくよ」

「ありがとう」

「君はとても才能のある芸術家だ」

「この作品たちを見ても、そう思い続けてくれることを願うわ」

フェイスはカバーを端から外していった。どれも妊婦像だ。さまざまな状況下に置かれた妊婦を表現している。身ごもっているとは思えない女性から、あとわずかで双子でも生まれそうな女性まで。もっとも心に響くのは、感情が豊かに表現されている点だった。

悲嘆に暮れた女性像があった。子供を失いかけているのは明らかだ。喜びに輝く別の像も、ヴァレンティーノの胸を打った。また、男性と子供と妊婦の像もあった。男性と子供は、母親になるはずの女性の突き出たおなかに手を当てている。抽象的な作品で、像には目鼻がなく、子供の性別も不明だった。しかし、ヴァレンティーノはそれが男の子だと確信した。男性も少年も顔に笑みを浮かべている、と。

その像はフェイスの願望を表現したものだ、とヴァレンティーノは確信した。僕とジョスエとでフェイスを受け入れ、彼女に家族を与えるのだ。

ヴァレンティーノは手を伸ばし、悲劇を目前にしているかのような女性の像に触れた。「いまの君は、この像のように感じているのか？」

「ときどきね」

ヴァレンティーノははかなげに見えるフェイスを思わず引き寄せた。それからシルクのような赤褐色の巻き毛に顔を寄せ、頭のてっぺんにキスをした。彼女の香りを吸いこみ、次いで彼の自信を吹きこもうとする。「君はこの赤ん坊を失わない」

「そう信じなければね。さもないと気が変になってしまうもの」

「それでも、君はまだ恐れている」

「怖いのよ」

「だが、幸せでもあるんだろう？」

「我を忘れるほどに」

「君は赤ん坊を望んでいるんだな？」

「心からね。言葉では言い表せないくらい」フェイスは彼をぎゅっと抱き締めた。それが思いの深さを表すただ一つの方法だとでもいうように。

「わかったよ」ヴァレンティーノは少しあとずさり、彼女の顔を上向かせて視線を合わせた。「だが、子供の父親は欲しくないわけか」

「そんなことは言っていないわ」フェイスは口をとがらせた。

　愛を交わしたあと、家に帰る時間だと彼が指摘するたび、フェイスはいつもそんなふうに不満をぶつけた。その光景が脳裏によみがえり、彼は心ひそかにうめいた。「言わなくても推測できる」

「私には推測できないけれど？」

ヴァレンティーノが彼女をしっかり抱き寄せると、フェイスも信頼しきった様子で身をあずけた。

「本当かい？」

「ええ。私はただ……」

「なんだい？」

「言ったでしょう……運命に逆らいたくないの」

　そう言って顔を彼の胸にうずめたので、フェイスの表情はわからなかった。

「運命を案じる代わりに神を信じたらどうだ？」

「ずっと昔は、両親を失う心配なんかしたことはなかったわ」

「そうだろうな」

「それに、ティリッシュと赤ん坊のおかげで、家族を持てると信じたの。奪われることのない確かな家族を。まさか神に見捨てられるとは思わなかった」

「しかし、そうなってしまった」

「神様のせいではないけれど、私が悪いわけでもないわ。でも、私はまたひとりぼっちになった」

「僕を見てくれ」

　フェイスが顔を上げた。深い青緑色の瞳が高ぶる感情にきらめくのを見て、ヴァレンティーノは強い衝撃を受けた。

「君はもうひとりぼっちじゃない。仮に赤ん坊がいなくても、君には僕の母と息子、それに友人がいる。

もちろん僕も」

「あなたは私のものなの、ティーノ？」

「マウラが亡くなって以来、君ほど僕をとりこにした女性はいない」認めるのは心苦しいが、フェイスには伝えるべきだ、とヴァレンティーノは思った。

「そのことがおもしろくないみたいね」

「とにかく僕には君しかいないんだ」

「どう言っていいかわからないわ」

「僕と結婚すると言ってくれ」彼はまだ平らなフェイスのおなかに手を当てた。「未来を信じてほしい。僕のためでなくても、この子のために」

「でも――」

ヴァレンティーノは彼女の唇に人差し指を立てた。

「でも、はなしだ」

「信じたいわ」

「じゃあ、信じることだ」

「私の最初の妊娠は子宮外妊娠だったの」

淡々とした口調だけになおさら彼女の苦悩の深さが伝わってきて、ヴァレンティーノは胸を締めつけられた。「君は最初の赤ん坊を亡くしたのか？」

「ええ。私自身も死にかけたわ」

「なのに、もう一度子供を産もうとしたのか、危険を冒して？」僕がフェイスの夫だったとしたら、そんなことを妻にさせる勇気があるだろうか？

「そうよ」

ヴァレンティーノはうつろで自虐的な笑い声をあげた。「以前の僕は、君は子供を望まない女性だと思っていた」

「まさか。ただ、二度と妊娠はできないと思いこんでいたの。夫と私は不妊治療の専門家に助けを求め、そのおかげでどうにか妊娠にこぎつけたけれど」

「じゃあ、僕たちの赤ん坊は奇跡なんだな」

「ええ」

ヴァレンティーノの胸に喜びがあふれた。「その奇跡を信じるんだ、フェイス」

「あなたに出会ったのも奇跡よ、ティーノ」

「どういう意味だい?」

「あなたを求めていると気づいてショックだったわ。男の人とまた親密な関係になるとは思わなかったから」

　フェイスはそんなにも夫を愛していたのか? 夫婦の愛の営みが満足のいくものでなかったことは確かだ。少なくとも、僕とフェイスのようなものではなかっただろう。初めて愛し合ったときに彼女が示した喜びの反応がそれを証明している。「なのに、僕に欲望を感じたのか?」

「そうよ」

　ヴァレンティーノは彼女を抱き締めずにはいられなかった。「僕も君を求めている、僕の美しい人《ベッラ・ミーア》」

「知っているわ」彼女の声には笑みが含まれていた。

「だったら、僕と結婚してくれ」

「そう簡単にはいかないのよ」

「君が受け入れてくれたら、簡単になる」

「あなたって本当に頑固ね、ティーノ」

「僕のそんなところが好きなくせに」

　五秒間の沈黙ののち、フェイスはシャツ越しに彼の心臓のあたりにキスをした。「そうかもね」


　それから数日後のある日、フェイスは久しぶりに気分よく目覚め、制作に没頭した。ひらめきを感じ、パレットナイフの動きも完璧《かんぺき》だった。指で粘土をこねるたび、求めていたとおりの結果が得られた。

　正午近くになって目覚まし時計が鳴り、アガタとのランチに出かける時刻だと告げた。

　手についた粘土をキッチンで洗い落としていたとき、玄関ドアがノックされた。

　約束どおりレストランで会う代わりに、アガタが迎えに来てくれたんだわ。そう思い、フェイスは手をぬぐって玄関に走り、勢いよくドアを開けた。

ヴァレンティーノがしかめっ面をして立っていた。

「訪問者が誰か確かめもしなかったな。このドアにはのぞき穴がついてない。なぜ僕だとわかった？」

「傲慢《ごうまん》な人ね。あなただなんて思わなかったわ」

「傲慢なのはグリサフィ家の特徴だと、とうに納得ずみだろう」彼は腰をかがめてキスをした。「僕だとわからなかったなら、なぜドアを開けたんだ？」

「あなたのお母様だと思ったからよ」

「母とは店で会う予定だったはずだ」

フェイスはランチの約束について彼に詳しく話した覚えがなかった。「アガタが早めに家を出て、私を迎えに来てくださったのかと思ったのよ」

「つまり、推測にすぎないわけか」

「この尋問もどきのやりとりのねらいは何？」

「ねらい？」彼は中に入ってドアを閉めた。「もちろんある。もっと君に用心してほしいということだ。ノックの主が僕とはかぎらなかった」

「でも、現にあなただったわ」

「訪問者を確かめずにドアを開けるのは危険だ」

「あなたはいったい何者なの？　妊婦に、在宅時の心構えを説く学者か警察関係者？」

「これは妊娠とは関係ない。もっと前に君の家を訪ねるべきだったな。君がいつも同じような行動をとっているのは間違いない」

「ここはシチリアよ。ニューヨークとは違う。表に強盗が立っているかもしれないと心配する必要などないわ」

「そうは思わない。マルサーラは小さな街ではないし、よからぬ目的で島を訪れる者も大勢いる」

「いやに過保護な警告ね、ティーノ」

「違う。常識と過保護はまったくの別物だ」

「あなたのそんなところも好きよ」

「よかった」のみで削ったような顔がわずかにほこ

ろぶ。「自分の性格は変えられそうにないからな」

「でしょうね」フェイスはにやりとしてから、ふと眉をひそめた。「あなたを追い払いたくはないけれど、お母様との約束まであと一時間もないから、そろそろ支度をしないと。何か用事があったの？」

「君と母のランチに割りこむつもりだ」

「どうして？」

「母に赤ん坊の話をしようと決めたんだろう？」

「ええ」フェイスはそのことでかなり緊張していた。

「僕が君の心の支えになれるかもと思ってね」

「ずいぶんご親切なこと」まったく、いったん防護壁を壊そうと決めたら、ヴァレンティーノは徹底的にやるのね。結婚するべきだと強引に迫った彼に、フェイスは喜びを感じたし、いまもその満足感にひたっていた。あの晩の会話を思い返すと、心が新たな希望に満たされる。かつて彼が何を言ったにせよ、いまの彼は私自身を求めてくれている。

私もいつだってヴァレンティーノと一緒にいたい。ただ、今日の午後は話が別かもしれない。

「あなたが同席したら、疑われないかしら？　お母様は私たちの関係にすぐ気づくわよ」

「母はとっくにお見通しだと思うよ。君が妊娠しているらしいと母から聞くなり、僕が何も言わずに家を飛びだしたときに」

「ティーノ！」

「そうとも。僕は前後の見境なく行動したんだ」

「安定期に入るまで、私たちの関係は知られたくなかったのに」フェイスは嘆いた。

「悪いと思うが、いまさらどうしようもない」

「とにかく、早く着替えないと」フェイスは寝室へ向かった。ヴァレンティーノがついてくる。「ティーノ、私はこれから着替えるのよ」

「だから？」

「プライバシーを侵す気？」

「僕の恋人だったときより、妻になってからのほうがプライバシーを求めるのかい？」彼の声音には、困惑と動揺の響きがあった。

「私たちは結婚していないわ」

「いまはね。しかし、いずれそうなる」

「私はイエスと言っていないのよ」でも、承諾するだろう、とフェイスは思った。彼女はヴァレンティーノを愛していた。フェイスに寄せる彼の思いが真剣だとわかったいま、それ以外の選択はありえない。

「君はイエスと言うはずだ」

「確信があるの？」

「ほかの選択など僕には考えられない」

ほんの一瞬、シチリア随一のビジネスマンが、普通の男性並みに傷つきやすく見えた。

「差し当たり、僕たちがまだ恋人同士だと君が認めてくれれば満足だ」

「私たちが恋人同士だったことなんてあった？」

「僕たちのつきあいには一定の枠がはめられていたけれど、うまくいっていた」

「枠を設けたのはあなたよ」

「わかっている」

「あなたは記録的な速さでその枠を取り払ったみたいね」フェイスにはそれがうれしかった。

「状況は変わるものだ。信じないかもしれないが、二人のあいだに僕が築いた壁は、君に別れを告げられたときにくずれ落ちたんだ。君が僕から去った理由とは関係なく」

「信じるわ」ヴァレンティーノは本当に私を愛しているの？　それを確かめる勇気はフェイスにはなかったし、もう一度打ちのめされるのも願い下げだった。とはいえ、愛されているかもしれないと思うだけで、心が温かくなる。「じゃあ、理由がなんであれ、私にふられたと認めるのね？」

　つかの間、彼の顔が曇った。「ああ」

「それなら、私たちは恋人同士だと認めるわ」

ヴァレンティーノは満面に笑みをたたえた。こぼれた白い歯が魅力的な輝きを放ち、フェイスの胸をときめかせる。

フェイスが粘土のはねたジーンズとトップを脱ぐさまを、ヴァレンティーノは見守った。悩ましい姿に、彼の目が飢えたように熱を帯びる。「ブラジャーをつけていないんだな」彼の声はかすれていた。

伸びてきた彼の手をかわし、フェイスはほほ笑んだ。「セックスはだめよ。覚えているでしょう」

「忘れられるはずないだろう？」

「忘れそうに見えるわ」

「そんなことはない。しかし、僕が得る喜びまで取りあげるつもりじゃないだろう？」

「手の届かないものがあると、あなたはいつだって興奮せずにはいられないのよね」とはいえ、彼がまだこんなにも求めてくれると知って、フェイスは悪い気分ではなかった。

ヴァレンティーノは声をあげて笑った。「そうだと言えば、君はまんざらでもないんだろうな」

「さあ、どうかしら」

フェイスはクローゼットからドレスを取りだし、腰をかがめて金色と白のサンダルを取りあげた。細身の白いドレスにはこれが合いそうだ。

ヴァレンティーノがうめき声をあげた。

「あなたはなんとか生き延びられそうね」

「ティリッシュが禁欲に耐えられたのなら、僕だって耐えてみせる」

「まあ、負けず嫌いな人ね。でも、ティリッシュと禁欲を張り合う必要はないわ。彼と私は、二度の妊娠中もベッドをともにしていたから」

しばしの沈黙のあと、ヴァレンティーノが口を開いた。「アトリエで待っているよ」言うなり、彼はきびすを返して部屋を出ていった。

フェイスは目をしばたたいた。何が起きたのかわからない。ついさっきまで、私は性的な冗談でヴァレンティーノをからかっていた。二人して楽しんでいるつもりで。なのに次の瞬間、彼は出ていってしまった。

　アガタと会うためにレストランまで行く途中も、ヴァレンティーノは寡黙だった。

「ティーノ」レストランの前で車が止まったとき、フェイスは尋ねた。「何か問題でもあるの？」

「問題って、何がだい？」

「それをききたいのはこっちよ」

　彼は肩をすくめただけで、さっと車から降りた。

　店に入ると、アガタがすでにテーブルについていた。彼女の向かい側にはロッソがいる。

　二人を見て、アガタはにっこりした。「フェイス、こんにちは。ヴァレンティーノ、あなたがいても私が驚かないのはなぜかしら？」

「賢い母さんなら、一プラス一は二だとすぐわかるからさ。だが、僕のほうは少し驚いているよ。父さんを連れてくるなんて」

「おいおい、私が人食い鬼だとでも言うのか？　もうすぐ娘になる女性に、私が来ることを前もって警告しなければならないとはな」

「僕はまじめに言っているんだ、父さん」

　この展開をフェイスがどう受け止めているか気になり、ヴァレンティーノは彼女を見やった。すると、フェイスは彼に、そして彼の両親に安心させるような笑みを向けた。

「お会いできてとても光栄です、ロッソ」

「私は新しい孫ができるのを楽しみにしているよ」

　フェイスに返事をするいとまを与えまいと、ヴァレンティーノは椅子を引いて彼女を座らせた。

　フェイスは水をひと口飲みながら、結婚を承諾したわけではないと彼の両親にどう切りだせばよいか思案した。そのささやかな悩みを、ヴァレンティーノはずばりと解決してくれた。

「フェイスは僕の妻になることをまだ承諾していないんだ」

「プロポーズをしていないのか？」ロッソが非難そのものの口調で問いただした。

ヴァレンティーノは答える前に席につき、大半の者ならすくんでしまう鋭い視線を父に向かって投げかけた。「もちろんしたよ。でも、断られたんだ」

「だめだったの？」アガタがか細い声で口をはさんだ。見るからに呆然《ぼうぜん》とした様子だった。

フェイスはヴァレンティーノをにらみつけた。まったく、たいした援護だわ。「私は二週間後にもう一度プロポーズしてほしいと答えたんです」

「じゃあ、すぐに準備を始めなくては」とたんにアガタの顔に笑みが戻った。

「そのときに承諾すると、フェイスは言っていない」ヴァレンティーノは母親の喜びに水を差した。

「フェイスは承諾するとも。おまえがいかに説得するかだけの話だ」ロッソは意味ありげな目で息子を見やった。「ベッドに誘うのは成功したんだから、結婚も承諾させられるさ」

フェイスは頬が熱くなるのを感じたが、ヴァレンティーノは気にも留めていないらしい。

「努力してみるよ」

「きっと成功するわ」アガタが満足げに言った。

「そうだね」ヴァレンティーノはフェイスを見つめた。彼女の心を読み取ろうとするかのように。「そう願いたいものだ」

「私が待ってと言った理由は知っているでしょう」

「ああ。だが、すぐにでも結婚したいと僕ははっきり言ったはずだ」

「妊娠するまで、あなたは私と結婚したがらなかったわ。友達にさえなりたがらなかった」

「いまは君と結婚したいし、前から君の友達だった。臆病《おくびょう》すぎて母の前では否定してしまったが」ヴァレンティーノは両親に視線を向けた。「フェイスとの関係を隠していたことは悪いと思っているよ」

「おまえは嘘《うそ》をついたのか？」ロッソが容赦のない口調で問いただした。

「ああ」ヴァレンティーノは苦しげにうなずいた。

「この人はあなたを許しているわ。そうよね？」アガタが夫を見やった。同意しなければ当分寝室に入れないと言わんばかりの目つきで。

「ああ。おまえは私たちの息子だからな」

フェイスはほほ笑んだ。ヴァレンティーノの心配事はこれだったのかもしれない。

ヴァレンティーノはあまりうれしそうではなかったが、それでも礼を言った。「ありがとう」

「それで、大がかりな結婚式がいいの？」アガタがさっそくきいた。「それとも内輪で？」

「母さん、さっきも言ったけれど——」

「ええ、聞いたわ」アガタは息子を遮った。「でも、お父様と私は信じているの」期待のこもった顔でフェイスを見やる。

「私はいつも、教会での挙式を夢見ていたんです。家族みんなから祝福される光景を」なぜそんなことを言ったのか、フェイスは自分でもわからなかった。

「神父様に話してみるわ。カトリックの教会でもかまわなければ」

フェイスは同意した。「シチリアに来てからはいつもカトリックのミサに出ているし、別に問題ありません」

「すてきだわ」アガタの顔が輝いた。「神父様もさぞお喜びになるでしょう」

「だろうね」ヴァレンティーノが口をはさんだ。フェイスのけげんそうな視線を受け、肩をすくめる。

「それも、君について僕が知らなかった点だな」

「ティーノ、ティリッシュが亡くなってから、あなたほど私をよく知っている人はいないわ。もしかしたら、ティリッシュより知っているかもしれない」

アガタは二人を見てうれしそうだったが、ヴァレンティーノは驚いたようだった。

食事中、アガタは妊娠についてフェイスを質問攻めにして、担当医の名前から出産予定日まで、すべてを知りたがった。ヴァレンティーノとロッソは会話の大半を女性たちに任せていた。

食事が終わったとき、ヴァレンティーノが口を開いた。「フェイスがうちに引っ越すまで、彼女のそばにいたいんだ。僕の代わりにジオの面倒を見てもらえないかな?」

「もちろんだ」アガタより先にロッソが答えた。

「でもティーノ、ジオにはあなたが必要よ」フェイスが割って入った。

「君にだって僕が必要だ。君が認めないとしても」

なおも反論しようとしたフェイスを制し、ヴァレンティーノは続けた。「僕は息子をなおざりにしたりしない。ジオを寝かしつけてから君のアパートメントに行く。夜、君がジオと一緒に過ごしたければ、僕らは大歓迎する。息子に君を招待させるよ」

「またずるいことをするのね」フェイスは指摘した。ジョスエを引き入れるなんて卑怯《ひきょう》だわ。「私がジオを拒めないとわかっているくせに」

「機知に富んでいると言ってほしいな」

ロッソとアガタが声をあげて笑う。

「僕の招待を喜んで受け入れるかい?」

フェイスはイエスと言いたかったが、すぐには決心がつかなかった。「その件はまたあとで」

「もう年季の入った夫婦みたいな会話だな」ロッソが冷やかした。

「あなた、からかっちゃだめよ」

アガタが続けると、フェイスは吹きだした。

# 12

フェイスの住むアパートメントまで戻ると、ヴァレンティーノはすぐさま車から降りた。

「玄関までのエスコートなんていらないわ」

「そう言われても驚かないよ。君は僕の行動をことごとく不要だと思っているからな」

「そんなつもりじゃなかったの。ただ……階段をのぼるのはひとりでも大丈夫という意味よ」

「なるべくなら手を貸したい」

フェイスはうなずいた。背中に手が置かれ、温かいものが全身に広がる。明らかにヴァレンティーノは彼女に腹を立てていたが。

「私にはあなたが本当に必要だわ、ティーノ」二階へのぼる途中でフェイスは言った。

「それを聞いてうれしいよ」

彼の声はどこか奇妙だった。理由はわからないが、とても悲しげに聞こえる。打ちのめされたように。

何かがおかしい。

それを見つけようと思い、フェイスは部屋に入るなり彼に飲み物をすすめた。

ところが、ヴァレンティーノは首を横に振った。

「オフィスに戻らなければならない。今夜まともな時間に退社するためには」

「何か気がかりがあるんでしょう。どんなことか話して」

「たいしたことじゃない」ヴァレンティーノは彼女から目をそらした。

「私が妊娠したのが気に入らないの？　結婚したくないなら、強制はしないわ。ご両親だって無理にとは言わないはずよ。二人とも、あなたを心から愛しているんだもの」

「君が僕と別れたがっていることはよくわかるよ」

「なんですって？　いったいどうしたの？　私は別れたりしないわ」

「けれど、それを望んでいる」

「いいえ、違うわ」

「確かに、君は僕の子を身ごもって幸せそうだが、父親には別の男を選びたかったのは明らかだ。ただ、君が選ぶはずだった男はこの世にいないが」

「この赤ん坊がティリッシュの子供だったらなんて、考えたこともないわ」

「信じられないな」

「あなた少しおかしいわよ、ティーノ」

　彼は肩をすくめた。「今夜また会おう」

「無理に来なくてもいいのに」無駄と知りつつ、フェイスは言わずにいられなかった。

「君が我が家に引っ越すのをかたくなに拒んでいるかぎり、僕はここに来る」

「グリサフィぶどう園は私の家じゃないわ」

「僕の子供を身ごもった瞬間から、君の家になったんだ。そして君が望むなら、死ぬまでそうなる。たとえ僕と結婚する気にならなくても」

「そうしたいと私がどんなに願っているか、あなたにはわからないのね」

「それでも、必要だと証明されないかぎり、僕とは結婚の誓いを交わしたくないというんだな？」

「今日はどうしたの？　そんなことを私は言っていないし、あなたもわかっているはずよ。誤解もはなはだしいわ」

「僕は君と喜んで結婚したいと思っている。それは間違いない。だが、君は違う」

　フェイスは大声をあげそうになり、深呼吸をして気持ちを落ち着かせた。彼をこれ以上いらだたせてはまずい。「教えてほしいの、ティーノ」

「なんだい？」

「明日、私が流産したとしても、結婚したい？」

「ああ」

ヴァレンティーノの瞳は輝き、誠意にあふれていた。何か別の思いもこもっている。何かしら？ ああ、まさか……まるで愛情にあふれているようだわ。それも心からの。

フェイスはその場にくずおれそうになった。しかし、自分が見たものを頭は理解しても、心は信じようとしなかった。「私は……」

「チャンスをくれ。君はティリッシュを愛したようには、僕を愛せないかもしれない。だが、僕は君を幸せにできる。僕に出会ったのは奇跡だった、と君は言ったじゃないか」

「ええ……そうよ」

「僕と結婚してくれ、僕の心《クオレ・ミーオ》」

クオレ・ミーオ……。ヴァレンティーノは私のことを〝僕の心〟と呼んだ。ごまかそうとしているうちに、たまたま口にした言葉なの？ それとも、本心？ 「あなたは……私を……」

「お願いだ」

フェイスはもはや拒めなかった。「約束してほしいことがあるの。この結婚を決して後悔しないと」

「そんな約束なら簡単だ」

「どうして？」

「まだわからないのか？ 僕はマウラへの誓いを破り、君を愛してしまった。僕の心は君でいっぱいだ。君は僕の心そのものなんだ」

「私を愛せないとあなたは言ったわ」

「僕は本気でいろいろなことを願ったが、君への愛こそがたった一つの真実なんだ」

「でも、そのせいであなたは苦しんでいるように見える」

「マウラを救えなかったうえに、彼女への最後の誓いを守れなかったからだ。これまでは一度も誓いを破ったことがなかったのに」

「二度と誰も愛さないことを、マウラはあなたに約束させたの？」アガタから聞いて思い描いていたマウラの姿と一致しない。

「マウラの墓に誓ったんだ。僕の心に彼女が占めている場所をほかの女性に奪わせないと」

不思議な解放感に満たされ、フェイスは声をあげて笑った。喜びに満ちた声を聞きつけ、歩きまわっていたヴァレンティーノの足が止まる。

「僕の名誉が傷つくのがそんなに愉快なのか？」

それには答えずにフェイスは言った。「また融通のきかない考え方をしているのね。私を愛しても、あなたの心からマウラは消えないわ。彼女は私の心の中にもいるのよ。マウラはあなたを愛し、私がとても愛している男の子を産んでくれたのだから」

「だが、その子の父親のことは愛していない。わかっているよ。君はティリッシュをとても愛していたから、ほかの男は愛せないんだ。僕は手に入れたもので満足するべきだろう。君が僕の子供を身ごもってくれたことはすばらしい贈り物だ」

「ティリッシュを愛していたけれど、あなたを愛しているようにではなかったわ」

「どういう意味だ？」

「愛したけれど、彼にのぼせたことはないの。でも、あなたに夢中よ。初めて愛し合った夜から」

「僕は……ああ、難しい」

フェイスは笑みをもらした。「自分の気持ちを伝えることが？」

「ああ。苦手なんだ」

「愛していると言ってくれたわ。それで充分よ」

「いや。君にはすべてを伝えなくては」

「何を言い忘れたの？」

「マウラは僕が若かったころに愛した女性で、君は僕が生涯かけて愛する人だということさ。マウラを失ったあと、僕は長いあいだ悲嘆に暮れていた。だが、もし君を失ったら、僕は生きていけない」

フェイスが彼の腕の中に飛びこむや、力いっぱい抱き締められた。二人は息が切れるまでキスを続けた。ヴァレンティーノが顔を離して自制しなければ、もっと先へと進んでいただろう。

フェイスは彼の肩に頭をあずけた。「あと一つだけ言いたいことがあるの、ティーノ」

「なんだい？」

「亡くなった人への誓いは、守るべき誓いに入れるべきではないということ。確かにそうした誓いは悲しみに対処するための一つの方法よ。でも、安らぎよりも苦しみの原因になったときは、手放さなければいけないと思うの」

「君自身の経験から言っているような口ぶりだな」

「ええ、そのとおりよ。私もティリッシュが亡くなったあとで誓ったわ」

「どんなことを？」

「ほかの人とは家族をつくらないと」フェイスはため息をつき、彼の顎にキスをした。「そんな誓いを立てたのはティリッシュのためではなく、自分自身を守るためだった。二度と傷つきたくなかったから。そう気づいたとき、私は誓いを手放したの」

「君が僕よりも賢明でうれしいよ」

「この次に口論したときは、あなたのいまのせりふを思い出させてあげるわ」

「いいとも。ただし、最初の一年間、僕がどれほど身勝手なろくでなしだったかは思い出させないでくれ。僕自身は決して忘れないつもりだけれど、君が忘れないと思ったら耐えられそうにない」

フェイスはかぶりを振った。「ティーノ、誰にでも過ちはあるわ。でも、本当の愛は相手の過ちを許し、いつかは忘れるものよ」

「君は僕にはもったいない女性だ」

「いつまでもそう信じていてね。だけど忘れないで。あなたは私にとっての奇跡なのよ」

「愛しているよ、クオレ・ミーオ」

「愛しているわ、ティーノ、私の命」

出会いから一年目の記念日に、二人は結婚した。アガタは教会でのすばらしい結婚式を取り仕切り、親族や友人を大勢招いた。芸術家のコミュニティやジョスエの学校で、フェイスには多くの友人ができていた。祭壇に向かって歩く途中で、彼女は改めてそのことを知った。とはいえ、花婿の姿を見るなり、ほかのものは目に入らなくなった。ヴァレンティーノの顔は愛と喜びと平安に満ちあふれている。彼女も安らぎを感じ、満たされた。

フェイスと結婚できてヴァレンティーノは幸せだった。彼女を愛することへの罪悪感はもうない。ジョスエと三人でマウラの墓参りもすませていた。

ジョスエが花婿の、アガタが花嫁の付添人となった。ロッソは花嫁を花婿に引き渡す役目を果たした。結婚式は、フェイスが決して実現できないと思いながらも夢見ていた、そのとおりのものになった。家族に見守られながら、互いの愛を誓う新郎新婦。

ヴァレンティーノの言葉は正しかった。フェイスには家族ができたのだ。グリサフィ一族は彼女を喜んで迎え入れてくれた。ヴァレンティーノの弟、カロジェロもニューヨークから駆けつけ、兄の二度目の結婚を祝った。

その夜、フェイスは寝室のドアに手をかけるのをためらった。安定期に入っていたにもかかわらず、二人は愛を交わしていなかった。初夜まで待とうとヴァレンティーノが言ったのだ。彼は毎晩、ベッドで欲望にさいなまれながらも、耐え抜いた。いまや夫となったこのたぐいまれな男性への、フェイスの信頼と賞賛の念は不動のものとなっている。

　彼女はドアを開け、寝室に入った。夫は白いシルク地のパジャマを着てベッドの傍らに立っている。

「白なの？」フェイスは笑顔で尋ねた。彼女のレースの化粧着も雪のように白い。

「初めてともに過ごす夜だからな」

「夫婦としてね」

「愛を認め合い、生涯、互いの心を放さないと誓った男と女として」

「なんだか泣いてしまいそう」

「いや……二人で愛を確かめるんだ」

　フェイスは言葉が出ず、うなずくばかりだった。

　彼は腕を広げた。「おいで、クオレ・ミーオ」

　フェイスはその中に飛びこんだ。ヴァレンティーノはしばらく無言で彼女を抱き締めていた。彼の目をのぞきこむと、茶色の瞳に感情があふれている。ようやく彼は口を開いた。

「ありがとう」

「何に対するお礼かしら？」

「僕のものになってくれたことへの、僕に耐えてくれたことへの、そして、僕を愛してくれ、赤ん坊を連れて去らなかったことへのお礼さ。君がありのままの君でいてくれること、途方もなくすばらしい女性であることにも感謝をささげたい」

　フェイスの頬を喜びの涙がとめどなく流れ落ちる。

「ありがとう、ティーノ。私のものになってくれて。新しい家族を与えてくれて。あなたがあなたでいてくれること、愛してくれることに感謝するわ」

「何があろうと僕は君を愛し続けるよ」

「信じているわ」

　愛する者を失う恐怖を、フェイスはもういだいていなかった。両親が亡くなってから初めて知る希望を、ヴァレンティーノの愛が与えてくれたのだ。彼女は前夫を愛したが、現在の夫には夢中だった。運命が二人を結びつけたとしか思えない。

ヴァレンティーノが唇を重ねる。信じられないほど優しく、しかも官能的なキスだった。長い離別のあとの再会を慈しむかのように、お互いをむさぼった。

この数週間、二人は抱き合って眠ったが、フェイスは改めて彼の体を確かめたかった。引き締まった筋肉を覆う熱くなめらかな肌の隅々まで両手を這《は》わせる。彼に触れただけでどれほど自分が燃えあがるか、フェイスは驚きとともに思い出した。激しく打つ鼓動と荒い息遣いから、彼も同じ衝撃を受けているのがわかる。

ヴァレンティーノも愛撫《あいぶ》されるがままにはなっていなかった。彼の大きな手に全身をまさぐられ、フェイスの体の奥がうずく。彼が欲しい。

ヴァレンティーノの手が、いくらかふくらんだフェイスのおなかを覆った。「赤ん坊のおかげでふっくらした君が、僕のシャツだけを身につけて制作している姿が目に浮かぶよ」

「そんなの、ちっともセクシーじゃないわ」

「じゃあ、そんな光景を思い浮かべるだけで僕は興奮して体から力が抜けそうになる、とは言わずにおこう」

「まじめに言っているの？」

「ああ。僕たちの愛の証《あかし》が君の体に表れているのを見て、これまでになかったほど興奮を覚える」

「私が風船みたいになったら、その言葉を思い出させてあげるわ」

「信じてくれ。決して忘れたりしない」

二人は互いの服をゆっくりと脱がせた。まるで宝物から覆いを取るように。それからヴァレンティーノは妻をベッドに運び、横たえた。キスを浴びせ、敏感な胸を優しく撫《な》でて、全身を愛撫する。彼女も張りつめた高まりを両の手で包んだ。

「あなたが欲しいわ」フェイスはささやいた。

ヴァレンティーノはうなずき、ゆっくりと愛を伝えていった。フェイスと完全に一つになると、慎重にリズムを刻みながら彼女の理性を奪っていく。途方もなく大切にされているという思いを彼女に味わわせながら。

時間をかけて高みへとのぼったにもかかわらず、絶頂の瞬間はフェイスにとって衝撃的だった。全身がしびれ、歓喜の震えが背筋を走り抜ける。すぐに彼も愛の言葉を叫びながら頂点に達した。それはフェイスの人生でもっとも完璧《かんぺき》な瞬間だった。

彼女のすべてはヴァレンティーノのものだ。そして彼のすべてはフェイスのものだった。

「愛しているわ、ティーノ。心の底から」

「愛している《ティ・アーモ》よ、フェイス。僕の心であり、僕に魂の存在を実感させてくれる君を」

## エピローグ

ラファエラ・アガタ・グリサフィは両親の結婚から半年後に誕生した。体重三千七百グラム、とびきり健康な女の子だった。難産だったことなど忘れ、フェイスは神に深く感謝した。

ジョスエは妹と新しい母親に夢中だった。〝神様は僕をうんと愛しているから、世界一のママと妹をくれたんだ〟と言って。ヴァレンティーノは最初の愛を失ったが、残りの人生をかけて愛し続けるにふさわしい女性と出会い、正真正銘の愛をつかんだ。

彼らはフェイスが心から求め続けていたもの――家族だった。

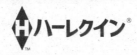

ハーレクイン・ロマンス　2010年1月刊（R-2458）

# 運命の甘美ないたずら

2025年4月20日発行

著　　者　ルーシー・モンロー
訳　　者　青海まこ（おうみ　まこ）

発 行 人　鈴木幸辰
発 行 所　株式会社ハーパーコリンズ・ジャパン
東京都千代田区大手町 1-5-1
電話 04-2951-2000（注文）
0570-008091（読者ｻｰﾋﾞｽ係）

印刷・製本　大日本印刷株式会社
東京都新宿区市谷加賀町 1-1-1



ISBN978-4-596-72690-2 C0297

# ハーレクイン・シリーズ 4月20日刊 発売中

## ハーレクイン・ロマンス
愛の激しさを知る

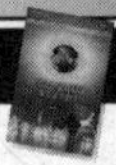

| | | |
|---|---|---|
| 十年後の愛しい天使に捧ぐ | アニー・ウエスト／柚野木　菫 訳 | R-3961 |
| ウエイトレスの言えない秘密 | キャロル・マリネッリ／上田なつき 訳 | R-3962 |
| 星屑のシンデレラ《伝説の名作選》 | シャンテル・ショー／茅野久枝 訳 | R-3963 |
| 運命の甘美ないたずら《伝説の名作選》 | ルーシー・モンロー／青海まこ 訳 | R-3964 |

## ハーレクイン・イマージュ
ピュアな思いに満たされる

| | | |
|---|---|---|
| 代理母が授かった小さな命 | エミリー・マッケイ／中野　恵 訳 | I-2847 |
| 愛しい人の二つの顔《至福の名作選》 | ミランダ・リー／片山真紀 訳 | I-2848 |

## ハーレクイン・マスターピース
世界に愛された作家たち
～永久不滅の銘作コレクション～

| | | |
|---|---|---|
| いばらの恋《ベティ・ニールズ・コレクション》 | ベティ・ニールズ／深山　咲 訳 | MP-116 |

## ハーレクイン・プレゼンツ作家シリーズ別冊
魅惑のテーマが光る
極上セレクション

| | | |
|---|---|---|
| 王子と間に合わせの妻《リン・グレアム・ベスト・セレクション》 | リン・グレアム／朝戸まり 訳 | PB-407 |

## ハーレクイン・スペシャル・アンソロジー
小さな愛のドラマを花束にして…

| | | |
|---|---|---|
| 春色のシンデレラ《スター作家傑作選》 | ベティ・ニールズ 他／結城玲子 他 訳 | HPA-69 |

## 文庫サイズ作品のご案内

◆ハーレクイン文庫・・・・・・・・・・・・・毎月1日刊行
◆ハーレクインSP文庫・・・・・・・・・・・毎月15日刊行
◆mirabooks・・・・・・・・・・・・・・・・毎月15日刊行

※文庫コーナーでお求めください。

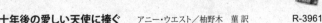

## 4月25日発売　ハーレクイン・シリーズ 5月5日刊

### ハーレクイン・ロマンス　愛の激しさを知る

| | | |
|---|---|---|
| 大富豪の完璧な花嫁選び | アビー・グリーン／加納亜依 訳 | R-3965 |
| 富豪と別れるまでの九カ月<br>《純潔のシンデレラ》 | ジュリア・ジェイムズ／久保奈緒実 訳 | R-3966 |
| 愛という名の足枷<br>《伝説の名作選》 | アン・メイザー／深山　咲 訳 | R-3967 |
| 秘書の報われぬ夢<br>《伝説の名作選》 | キム・ローレンス／茅野久枝 訳 | R-3968 |

### ハーレクイン・イマージュ　ピュアな思いに満たされる

| | | |
|---|---|---|
| 愛を宿したよるべなき聖母 | エイミー・ラッタン／松島なお子 訳 | I-2849 |
| 結婚代理人<br>《至福の名作選》 | イザベル・ディックス／三好陽子 訳 | I-2850 |

### ハーレクイン・マスターピース　世界に愛された作家たち ～永久不滅の銘作コレクション～

| | | |
|---|---|---|
| 伯爵家の呪い<br>《キャロル・モーティマー・コレクション》 | キャロル・モーティマー／水月　遙 訳 | MP-117 |

### ハーレクイン・ヒストリカル・スペシャル　華やかなりし時代へ誘う

| | | |
|---|---|---|
| 小さな尼僧とバイキングの恋 | ルーシー・モリス／高山　恵 訳 | PHS-350 |
| 仮面舞踏会は公爵と | ジョアンナ・メイトランド／江田さだえ 訳 | PHS-351 |

### ハーレクイン・プレゼンツ作家シリーズ別冊　魅惑のテーマが光る 極上セレクション

| | | |
|---|---|---|
| 捨てられた令嬢<br>《ハーレクイン・ロマンス・タイムマシン》 | エッシー・サマーズ／堺谷ますみ 訳 | PB-408 |

※予告なく発売日・刊行タイトルが変更になる場合がございます。ご了承ください。